떡상기원 주식 공감 드라마 대본집

개미가 타고 있어요 (하)

윤수민 김연지
이예림 이지나 지음

너와숲

**개미가 타고
있어요(하)**

초판 1쇄 인쇄
2022년 9월 27일
초판 1쇄 발행
2022년 10월 10일

글
윤수민 김연지
이예림 이지나

펴낸이
백영희

펴낸곳
㈜너와숲

주소
04032 서울시 금천구
가산디지털1로 225
에이스가산포휴 204호

전화
02-2039-9269

팩스
02-2039-9263

등록
2021년 10월 1일
제2021-000079호.

ISBN
979-11-92509-10-5(세트)
979-11-92509-12-9(04810)

정가
17,000원

©윤수민 김연지
이예림 이지나

이 책을 만든 사람들

교정
유승현
홍보
박연주

마케팅
배한일
디자인
글자와기록사이

포스터 제공
스튜디오드래곤
제작처
예림인쇄

떡상기원 주식 공감 드라마 대본집

개미가
타고
있어요 (하)

웃기기만 하는 건 재미 없잖아요,
웃음으로 승화 시키는 게 재미있는 거지!

새벽같이 머리 감고 출근하는 것이 불행하다고 느껴 호기롭게 다니던 회사를 때려 치고 방송 작가 일을 시작한지 12년. 저는 어쩌다 보니 사양 산업이 된 코미디 외길을 걷고 있습니다.

로맨스, 휴먼, 스릴러… 온갖 장르의 홍수 속에서 어쩐지 항상 천대 받는 코미디지만 '웃기다'는 말이 세상 최고로 좋은 저는 몇 안 남은 코미디를 좋아하는 작가들과 오늘도 온 갖 짜치고 하찮은 아이디어로 깔깔 웃으며 드라마 회의를 하고 있습니다.

작년, 아는 피디님께 '주식은 불로소득 아니냐.'라는 한마디 말을 듣고 침을 튀기며 '주 식 투자는 나쁜 거 아니다!' 하고 열변을 토하고 있는 나 자신을 보며 피식 웃었던 적이 있 습니다. 지나가던 누가 보면 여의도 큰손인 줄 오해할 만큼 저는 주식에 빠져 있었습니다.

원숭이도 돈을 벌었다는 작년 호경기에 주식으로 이천만 원을 벌었던 제 계좌는 지금 상승분을 거의 반납하고 시퍼렇게 멍들어 있지만, 주식으로 드라마도 쓰고 이렇게 대본집 까지 냈으니 저는 주식에게 절이라도 하고 싶은 기분입니다. 끝으로 제가 흔들릴 때 저를 굳건히 잡아주신 하나님, 세상에서 저를 가장 사랑해 주는 두 사람, 엄마 사공혜숙 씨와 꼬 꼬마 아들 김이안에게 고마움을 전하고 싶습니다. 드라마 '개미가 타고 있어요'를 재밌게 봐 주신 시청자와 대본집 독자분들, 정말 감사합니다! _윤수민

이 책을 펼쳐 든 분이라면, 분명 드라마를 재밌게 보신 분일 거라 생각됩니다. 먼저 진심으 로 감사의 말씀을 전합니다.

웃기고 싶다는 일념으로 시작해서 시종일관 웃음으로 써 내려간 드라마였습니다. 타 이밍도 기가 막히게, 대본을 쓰기 시작할 땐 주식장이 날아올랐고, 끝날 무렵에는 나락으 로 떨어졌습니다. 그래서 '주식을 하는 분들이 과연이 작품을 웃으면서 볼 수 있을까?' 하 는 걱정도 들었지만… 이렇게 된 이상, 생각을 바꿨습니다.

떡상인지, 떡락인지는 매도를 해봐야 결정이 나는 것이죠. 사실 이렇게 장난처럼 시작 한 이야기가 대본으로 나오고, 드라마로 제작되고, 심지어 책으로 출판이 될 줄 누가 알았 겠습니까?

우리네 인생도 그런 거 같습니다. 무엇이든 마침표가 찍혀 봐야 잘 됐는지 아닌지 알 수 있는 것이죠. 우리 모두가 우량주는 될 수 없을지라도, 살아가며 천천히라도 꾸준히 우 상향 한다면, 그 또한 '명품주'이지 않을까요. 작가로서 첫 번째 마침표를 찍게 해 주신 모 든 분께 감사드립니다. _김연지

주식으로 부자가 될 수 있다는 말이, 마치 나도 복권 1등이 당첨될 수 있다는 말과 같이 허황된 것이라고 생각했던 사람입니다. 인생은 가까이서 보면 비극이고, 멀리서 보면 희극이라는 말을 떠올리며, 주식으로 비극을 겪는 이야기를 희극으로 보면 재밌겠다는 단순한 생각으로 주식과 관련된 드라마 작업을 시작했고, 작품 속 주인공들처럼 주식에 대한 내용을 차근차근 배워 나갔습니다.

물론 지금도 제가 주식으로 일확천금을 버는 사람이 될 수 있다는 생각은 하지 않습니다. 다만 주식은 일상 속에 작은 재미를 주는 소소한 취미가 될 수 있고, 주식을 통해 새롭게 배울 수 있는 많은 것들이 있다는 사실을 알았습니다. <개미가 타고 있어요>가 그런 작품이 되었으면 합니다.

주식에 대해 아무것도 모르는 사람도 쉽게 볼 수 있고, 주식을 하는 사람도 이해할 수 있는, 웃기고 도움 되는 이야기. 이 작품을 함께 할 수 있게 된 것에 감사하고, <개미가 타고 있어요> 시청자분들을 비롯해 대본집이 나올 수 있도록 관심을 가져 주신 모든 분께 감사드립니다. _이예림

지난해 연말 작가 협회를 통해 문자 한 통을 받았습니다. 윤수민 작가님이 주식 드라마를 쓰시는데, 에필로그로 5분 정도 주식 정보를 담은 내용을 맡아줄 수 있는지에 관한 문의였습니다. 그렇게 <개미가 타고 있어요>란 작품과 인연을 맺었습니다. 제안을 받고 저는 고민도 하지 않고 함께하기로 했습니다. 처음 해 보는 드라마 작업에 대한 호기심과 주식 예능 프로그램을 오랫동안 했던 것에 대한 무언의 자신감이 혼재된 호기로운 결정이었던 것 같습니다.

어떤 콘셉트로 어떤 정보를 이야기할지 고민하는 시간 동안 다시 주식 관련 서적을 꺼내 읽어 보고, 믿을만한 자료를 찾아보고, 직전에 했던 프로그램까지 모니터하며 파이팅 넘치는 시간을 보냈습니다. 에필로그 대본이 나오면 읽어 보고 좋은 의견을 주신 세 분의 작가님과 촬영 전 직접 감수해 주신 슈카 님이 계셔서 무사히 이 프로젝트를 완주할 수 있었다고 생각합니다. 드라마 대본의 디귿도 가까이 가본 적 없던 저였기에 너무 특별하고 재밌는 작업이었고, 이 작품에 조금이나마 참여할 수 있어 영광이었단 말씀을 꼭 드리고 싶습니다.

5분이란 시간은 때론 너무 짧지만 때론 너무 길었습니다. 세상의 모든 드라마 작가님들, 너무 멋지십니다! 저는 다시 제자리로 돌아와 '지압판을 깔까, 끈끈이를 깔까' 회의하고 있습니다. 이번엔 찐 웃음에 집착(?)해 본분을 다해 보겠습니다. _이지나

『 개.미.타 』 사랑해주셔서
감사해요. 복 받으실게요 .

유 미서 드림♡

"개이가 답인 있어요"
사랑해주셔서 감사합니다.
행복만 가득하시길..

-희 선-

7부

주주 총회의 잠 못 이루는 밤

1. 미서 집 / 밤

뜨끈한 온수 매트에 이불 덮고 누워 있는 미서, 몸이 노곤노곤
하다.

미서   아… 뜨뜻~하다~

미서의 시선에 냉장고가 보이고… 선우가 한 말이 떠오른다.

        <플래시백> 6부 #32
선우   …제가 살게요. / 미서 씨 그거 보면 계속 최 서방 씨 생각날 거
        아니에요.

        <다시 현재>
미서, 자기도 모르게 얼굴이 발그레해지고.

미서   (발로 이불 뻥 차는) 아우 더워!

<타이틀>
- 주주 총회의 잠 못 이루는 밤 -

#. 옥탑방 전경 / 낮

2. 옥탑방 안 / 낮

나태주 굿즈 티셔츠 입고 있는 행자, 기분 좋게 멤버들에게 굿즈 컵을 나눠 준다.

(CG) 각자의 원샷에 주식 수익률 표시.

행자　　이거는 예준 회장 꺼~ 이거는 강산 씨 꺼~ 여러분~ 우리 태주 노래도 마이 들어 주세요~? 홍홍~

강산　　베로니카! 플라잉엔터 따상했던데! 팔았어요?

행자　　아니요. 안 팔았어! 나, 태주의 영원한 주주가 돼 보려고! 미서 씨는?

미서　　저도 청약 넣긴 했는데… 딱 한 주 받았어요.

　　　　그때, '큼…' 헛기침 소리.
　　　　보면, 구석에서 혼자 조용히 표어를 쓰고 있는 진배.
　　　　<소문난 공모주에 따상 없다>

미서	(강산에게 조용히) 그 게임 공모주 어떻게 됐길래요?
강산	(조용히) 진배 형님 혼자 들어갔는데… 콱 물리셨어요.
미서	아… 공모주라고 무조건 따상은 아니구나…

그때, 선우가 들어온다.

선우	안녕하세요.

진배, 강산, 선우를 보자 흠칫 놀란다.
눈을 피하는 진배.

CUT TO

예준	여러분, 한 가지 공지 사항이 있습니다.
일동	??
예준	제가 학원이 하나 늘어서 앞으로 더 바빠질 것 같습니다. 그래서 제 일을 도와줄 부회장 선임의 건을 상정하려고 하는데… 저는 개인적으로 선우 회원님을 추천합니다.
진배	(놀라, 질색) 뭐?! 안 돼! 아니, 저는 반대입니다!
강산	왜요!… 선우 씨 회장하면 엄청 잘 어울릴 것 같은데… 멋있고… 부티 나고…
진배	차라리 내가…
행자	나는 진배 회원님보다는 선우 씨! 기왕이면 다홍치마지.
진배	뭐요?!

선우	아, 저는… (하는데)
예준	('짝짝짝' 박수치더니) …여러분, 이게 바로 주주 총회입니다.
일동	…엥??
예준	(뭔가 꺼내는) 혹시 이런 종이 받으셨나요?

보면, '제원식품' 주주 총회 참석장이다.

행자	어?! 나도 받았어요. SG화학 꺼! 안 그래도 물어보려 했는데.
예준	주주 총회. 주주의 권리를 행사할 수 있는 소중한 자리라고 할 수 있죠.

자막	주주 총회: 주식회사의 주주들이 모여 상법에 정해 놓은 회사의 중요한 사안을 정하는 최고 의사 결정 회의.

예준	보니까 다음 주에 여러 기업의 주총이 열리던데, 혹시 가시는 분?
진배	(손들고) 저요! 제원식품 주주입니다!
강산	전 SG화학 사긴 샀는데… 딱 한 주라… 그럼 못 가죠?
선우	(강산에게) 한 주만 있어도 주총 갈 수 있어요.
강산	진짜요?!
예준	(손든 미서 보고) 미서 회원님은요?
미서	(당당하게) 저는! 영주농기구주식회사 주총 갑니다.
선우	…!!!
강산	(풋) 농기구…주식회사요?

미서	어~? 지금 약간 무시한 것 같은데? 설마… k-호미 몰라요? 지금 야마존에서 난리 났어요! 품절 대란이라고요!
행자	우리나라 그… 호미가? 밭매는… 그 호미?
미서	네~ 글로벌 히트 상품이에요!
선우	(미서를 물끄러미 쳐다본다)
예준	피터 린치가 말했죠. 잊기 쉽지만 주식은 복권이 아니라 회사에 대한 소유권이라고. 모두 주총에서 주주로서의 권리와 기쁨을 누려 보세요!
일동	(고개 끄덕끄덕)

설레는 얼굴로 주총 참석장을 바라보는 행자, 강산, 미서.
그리고 미서를 보는 선우.

3. 옥탑방 앞 / 낮

스터디 마치고 나온 행자, 뭔가 발견하고 멈칫한다.
세워 둔 할리데이비슨에 타 있는 강산의 뒷모습이다.
불현듯 떠오르는 강산의 말.

<플래시백> 4부 #20 족발집 앞.

| 강산 | 좌회전한 건, 미안해요. / 족발집은 저녁 장사니까… 직진은 다음에…! |

<다시 현재>

강산	(뒤돌아보며 멋지게) 타요!
행자	(심쿵) 아~ 오토바이 무서운데~

행자, 못이기는 척 강산 뒷자리에 타려고 하는 순간, 누군가에게 떠밀린다.
보면, 진배가 뒷자리에 '턱!' 앉아 강산의 허리를 꽉 껴안는.

행자	(짜증) 어머, 뭐예요?
진배	(새초롬) 비키세요. 위험하니까.
강산	아, 베로니카. 이따 가게에 들를게요. 주총 준비 같이 해요! 형님! 그럼 출발합니다!
진배	고고씽~!

'부왕~' 떠나는 할리데이비슨. 뒤에 탄 진배 표정이 얄밉다.
행자, 아쉬움에 '쩝…' 입맛 다시는.

행자	둘이 어딜 가는 거야…

4. 면허 시험장 / 낮

가죽 재킷에 헬멧 쓴 진배, 손에 운전면허 기능시험 응시표를 들고 있다.
강산, 긴장한 진배의 팔을 주물러 준다.

강산	(설레발) 형님! 아까 오다가 똥 밟으셨잖아요? 이건 합격한다는 징조예요! 아, 집에 갈 때는 형님이 저 태워 주시면 되겠다! 합격하실 테니까~
진배	…연습은 많이 했는데 너무 설레발 떨진 말구…
장내방송	김진배 님. 3호차 탑승하여 대기해 주십시오.
진배	(꿀꺽) 갔다 오겠네.

진배, 원동기 탑승하러 가는데… 그 뒤에서 큰 소리로 응원하는 강산.

| 강산 | (휘파람 '삐익!') 오늘 합격은 누규? 바로 김! 진! 배!! (치어리더처럼 율동하며) 빅토리! 빅토리! 브이아이씨티오알와이! |

주변 사람들 웃어대고.
진배, 창피해서 얼굴 가리며 오토바이 탑승하는…

CUT TO

출발 신호 듣고 출발하는 진배, 침을 꿀꺽 삼킨다.
진배 얼굴 클로즈업.

| 진배(E) | 응시자 90%가 떨어진다는 첫 번째 굴절 코스. 하지! 김진배 역사에 불합격은 없… |
| 장내방송(O.L) | 탈락입니다. 김진배 님 바이크에서 내리세요. |

진배	으잉?

카메라 빠지면, 90도 굴절 코스에서, 선에서 한참은 삐져나온 진배의 오토바이.
진배, 시무룩하게 내려서 헬멧 벗는데… 머리카락이 심하게 눌려 있다.

CUT TO

진배의 응시표에 불합격 도장이 '쾅!' 하고 찍힌다.

5. 도로 / 낮

빠른 속도로 달리고 있는 오토바이.
강산이 운전하고 있고, 강산의 등에 가련하게 안겨 있는 진배.

강산	다음에는 꼭 붙으실 거예요!!!
진배	(눈물 그렁) …

6. 선우 집 / 낮

선우와 미서, 함께 들어온다.

선우	근데… 어머니한테 언제까지 숨기려고요?

미서   …몰라요… 아직 밥 안 먹었죠?

CUT TO

식탁에서 혜숙이 보내 준 반찬으로 밥 먹는 두 사람.
선우네 냉장고, 미서의 냉장고로 바뀌어 있다.
이제는 혜숙의 반찬에 익숙해진 선우.

선우   저번에 간장쥐포조림 맛있었는데… 이번엔 안 보내주셨네요.
미서   다음엔 그거 보내 달라고 할까요?
선우   (머쓱) 그런 뜻은 아니고요.
미서   아, 맞다. 저번에 나 여기서 봤는데 혹시 서울대 나왔어요? 졸업
          사진 있던데.
선우   …네… (말 돌리며) 근데 그 호미회사 주주 총회, 진짜 갈 거예요?
미서   네, 가려고요. 일단 내일 가서…
선우(O.L)   내일요? 주총 모레 아니에요?
미서   뭐… 아침 9시니까 전날 가려고요. '짠!' (폰 예약 내역 보여 준다) 벌
          써 표도 예매했죠! 준비성 쩔죠?

족발집 전경 / 밤

7. 족발집 안 / 밤

밤 9시 50분. 마감 시간 앞두고 바쁜 행자네 가게 안.
행자, 가게 문 앞에 놓인 20kg 쌀 포대를 옮기려는데…
쌀 포대를 들어 올리는 손… 보면, 강산이다.

강산   무거워요, 베로니카! 주방에 갖다 놓으면 되죠?

강산이 쌀 포대를 덥석 들고 주방으로 간다. 고맙고… 심쿵한
행자…

용선   (짓궂게) 먼데 저 남자…? 정 사장 애인이가?
행자   (민망) 뭐래! 빨리 치우고 퇴근해!!
용선   (장난) 우짤까… 샷따 내려 주고 가까?
행자   (질색하며) 미쳤어! 미쳤어!

CUT TO

10시 30분. 모두 가고 깨끗해진 텅 빈 홀, 테이블에 행자와 강산
둘만 앉아 있다.

행자   주주 총회… 전 그런 대단한 자리에 가 본 적이 한 번도 없어
         서… 긴장되네요.
강산   저도 고민인 게… 머리를 잘라야 할까요…? 주주로서 첫인
         산데…
행자   왜요~ 강산 씨는 머리가 매력 포인튼데! (해 놓고 민망) 그냥 다듬

기만 해요.

강산   내 머리… 괜찮아요?

행자   (새침하게 끄덕)

강산   (웃는) 자~ 그럼 뭘 준비해 가야 하는지… 검색 좀 해 볼까요?

강산, 노트북으로 주주 총회를 검색하고 게시글을 진지하게 읽는다.

강산   오… 반드시 신분증을 지참하래요. (계속 읽다가) …어? 이것 봐요. 몰랐던 사실이 있었어요!

강산, 행자에게 노트북 화면 보여 주면. 게시글이 보인다.

<인서트>

반드시 신분증 지참하고 방문하셔야 하구요. 우선 주주 총회는 대단히 엄숙하게 진행이 되고 복장 조건도 까다로운 편인데요. 남자는 턱시도에 여자는 드레스로 꼭 맞추셔야 합니다.
가면 중간에 2부 시작 전 휴식 코너로 댄스 타임이 있는데 고풍스러운 왈츠로 긴장을 푸는 코너도 있으니 꼭 왈츠나 고전 댄스 배워서 오셔야 합니다.

강산   …남자는 턱시도에 여자는 드레스…?

행자   …고풍스러운 왈츠…?

행자와 강산, 글을 읽다가 서로를 바라보고 눈만 끔뻑인다.
노트북 오른쪽 상단에 보이는 사이트 이름. <디씨 허언증 갤러리>

행자   춤출 때 옷은 뭘 입어야 되지…? 큰났네.

강산   걱정 말아요, 베로니카. 의상은 내가 구해 올게요. 내 여사친이 이대 드레스 샵에서 일해요. 사이즈는… 44?

행자   (손 젓지만 웃음 나오는) 어머, 어머~ 말도 안 돼~~ …55. 통통 55.

행자, 깔깔 웃다가… 갑자기 또 눈물 터진다.

행자   (천장 보며 손부채질) 어머, 나 또 왜 이래…

강산   왜…왜 그래요? 내가 뭐 실수했어요?

행자   크흡… 아니… 나랑 우리 남편… 너무 없을 때 만나서 식도 못 올렸어요. 드레스도 한번 못 입어 봤잖아… 내일이 내 생애 첫 드레스라고 생각하니까 갑자기 서러워져서.

강산   울지 마요, 베로니카. 제가 내일 에스코트 제대로 하겠습니다!
                (왕자님 인사)

CUT TO

테이블을 모두 한쪽 벽으로 밀어놓고 넓은 공간이 생긴 홀.
그 홀 가운데서 서로 손 마주 잡고 왈츠 스텝을 밟고 있는 행자와 강산.

왼발 앞으로 나가면, 오른발은 왼발 옆으로 나가고, 다시 왼발은 오른발 옆으로 오고, 오른발 뒤로 오고… 반복해서 박스를 그리는 스텝.

강산	원, 투, 쓰리. 원, 투, 쓰리… 좋아요. 이게 박스 스텝이에요.
행자	(쑥스러운) 너무 못하죠…
강산	무슨 소리? 베로니카 몸 안에 댄서의 피가 흐르고 있을지도…?

행자, 그 말에 자신감을 얻어 조금 더 대담하게 스텝을 밟기 시작한다.
강산도 그 기운을 받아 둘의 스텝은 점점 더 빠르고 격해진다.
처음보단 제법 자연스러워진 둘의 왈츠 스텝…
…마지막 엔딩 포즈와 함께 음악이 끝났다! 헉헉… 숨을 가쁘게 내쉬며… 눈 마주치는 둘.

#. 건물 외경 / 낮

8. 제원식품 주주 총회장 앞 / 낮

건물 출입문에 '제원식품 주주 총회' 화살표 종이가 붙어 있고, 주주 총회가 끝났는지 사람들이 빠져나오고 있다.
지긋한 나이의 어른들이 지나가는 사이로, 진배와 손잡은 예준이 나오는…

진배	혼자 왔으면 헤맸을 텐데, 예준이랑 같이 와서 다행이다.
예준	저도 할아버지랑 같이 와서 좋았어요. 아무래도 어린이 혼자 오면 이상하게 보니까요.

9. 버스 정류장 / 낮

진배, 버스 노선 정보를 보다가 뒤돌아보는데 예준이가 뭔가를 뚫어져라 보고 있다.

정류장의 '어린이 우주대탐험 전시회' 광고판이다.

다가가는 진배.

진배	(포스터 보며) 이거… 보고 싶니?
예준	(멍하니 보다) …네.
진배	그럼 보러 가자!
예준	(멍하니 보다 '화들짝') …네?? 진짜요?!!!
진배	아, 근데… 너 학원 가야…
예준(O.L)	오늘 학원 안 가는 날이에요!

10. SG화학 주주 총회 대회의실 로비 / 낮

엘리베이터가 멈추고. 문이 열리면… 안에 타고 있는 행자와 강산.

풀 샷(shot) 되면 행자와 강산, 왈츠용 빨강 드레스와 연미복을 입고 있다.

강산의 에스코트를 받아 엘리베이터에서 내리는 행자. (행자 코트를 들고 있는 강산)

둘, 대회의실로 향하는데… 자꾸 주변 사람들의 시선이 그들에게 쏠린다.

시선을 느낀 둘, 보면 둘 빼고 모두 평범한 옷차림이다.

뭔가 잘못됐음을 느끼고 민망해지는.

행자   (민망) 아이고… (코트 입으며) 우리만 이렇게 입었네… 속았다…
강산   뭐 어때요… 멋져요, 베로니카! 들어갈까요?

강산, 팔짱 끼라며 팔 내밀면, 부끄러워하며 팔짱 끼는 행자.

하지만 당당하게 들어가는 강산의 연미복 제비 꼬리가 살랑. 너무 튄다.

둘을 수상하게 쳐다보는 사람들.

11. SG화학 주주 총회 대회의실 안 / 낮

그 시간, 대회의실 안에서 주주 총회 준비 중인 본사 IR담당자들.

IR팀장   (통화 중) 오늘 VIP 세분 오실 예정. 사은품 제대로 준비하고… (하는데)
IR담당   (뭔가에 시선을 뺏겼다… 이내 팀장을 툭툭 치며) 저… 팀장님!!!
IR팀장   ??

IR팀장, IR담당의 시선을 따라 보면, 드레스 행자와 연미복 강산이 대회의실로 들어오고 있다.

IR팀장   (표정 굳어) …사은품 두 개 더 준비해.

12. 공항 안 / 낮

미서, 휴대폰으로 티켓을 확인하고 있는데… 전화가 울린다.

미서   (받고) 여보세요?

예식장(F)   유미서 신부님 맞으시죠?

미서   ('신부님'이란 말에 순간 굳어 버리고) …!!

예식장(F)   그랜드웨딩입니다. 뷔페 시식 예약 확인차 전화드렸는데요.

미서   (당황해) 아… 아… 그게…

예식장(F)   일정 변경 필요하신가요?

미서   그… (우물쭈물 대고)

예식장(F)   그럼 신랑님과 확인하고 다시 연락주시겠어요?

미서   네, 알겠습니다…

전화 끊은 미서, 굳은 얼굴로 생각에 잠긴다.

13. 비행기 안 / 낮

미서, 생각에 잠겨 창밖을 바라보고 있다가 진욱에게 장문의 카톡을 쓰기 시작한다.

미서(E) 오빠. 오늘 예식장에서 연락 왔어. 뷔페 시식하겠냐고… 머릿속
으로는 취소해야 한다는 거 아는데 그 말이 입에서 안 떨어지더
라. 나 혼자 결정하기가 좀 무섭기도 하고… 오빠랑 얘기하고 싶
어. 우리 관계는 앞으로 어떻게 되는 건지 이제는 좀 결정해야
할 때가 온 것 같아. 답장 기다릴게.

미서, 썼다 지웠다를 반복하며 문장을 완성한다. 잠시 망설이다
발송한다.
눈 감고 깊은 한숨을 쉬는데, 낯익은 목소리가 들린다.

선우(OFF) 저… 11A 맞으세요?

미서, 보면 선우가 떡 하니 서 있다.
깜짝 놀란 미서.

미서 (놀란) 선우 씨… 여긴 어떻게…
선우 (티켓 보여 주며) 11A가 제 자리긴 한데… 그냥 창가 앉으세요. 양
보할게요.

선우, 능청스럽게 미서 옆자리에 앉는다.

미서 뭐예요?

선우　　우연이네요. (능청스럽게 웃는)

<플래시백>

#6. 선우에게 핸드폰으로 티켓을 보여 주는 미서

'오징어 게임' OST - Way back then 리코더 연주 흐르며…

선우의 눈, 마치 드라마 '오징어 게임'의 무궁화 꽃이 피었습니다 영희 인형 눈알처럼.

사방팔방으로 흩어지며 부지런히 미서의 티켓을 스캔한다.

<다시 현재>

선우, 그때를 생각하니 자신이 한 짓이 한심해서 '피식' 웃음이 나온다.

미서　　(장난스럽게) 혹시… 스토커?

선우, 가방에서 뭔가 꺼내서 보여 준다. 영주농기구주식회사 주주 총회 참석장이다.

선우　　(참석장 보여 주며) 나도 여기 주주예요. 주총 가려고 탔습니다.

미서　　(참석장 낚아채서 보는) 뭐야… 주식 안하는 것 같더니 이건 또 언제 샀대… 시크릿 주주였구먼.

그때, 참석장에 적힌 주식 수가 눈에 들어오고.

미서	…100주? 100주나 샀어요?
선우	(참석장 빼고 시계 보며) 왜 출발을 안 하지?
미서	진짜 겁도 없네. 아니 주린이가 그렇게 몰빵 하면 어떡해요!
선우	…백만 원도 안 들었어요. (말 돌리며) 주총은 내일 아침 10시 맞죠?
미서	음? 9시 아닌가?

미서, 참석장을 찾아보려다 멈칫한다.

| 미서(E) | 가만… 백만 원? |

14. SG화학 주주 총회 대회의실 안 / 낮

주주들로 꽉 찬 대회의실. 설레는 표정으로 자리에 앉아 있는 행
자와 강산.
한편, IR담당 직원들이 행자, 강산을 의심의 눈초리로 지켜보고
있다.

IR담당	빨강 드레스랑 연미복. 저 둘도 주총꾼 같죠?
IR팀장	글쎄. 처음 보는 얼굴인데… 사실 주총꾼도 아무나 하는 게 아니야. 진입 장벽이 꽤 높아. 여기서 막무가내로 떼쓰면 쫓겨나거든.
IR담당	아 그래요?
IR팀장	응. 탑티어 주총꾼들은 상법에 빠삭하고 수백 명 앞에서 철면피

로 필리버스터 할 수 있는 능력 역시 뛰어나지. 그 업력이 따라 등급이 나뉘어. A등급, S등급, 그리고 R등급. 저 둘은 아마도… A등급?

강산, 행자는 주총꾼으로 오해받는지도 모르고 진지하다.

강산　　맞다. 오늘 임시 주총 안건이 뭐라고 했죠?
행자　　SG화학의 배터리를 따로 떼낸다고 그랬나? 뭐 그러던데…

그때, 옆자리의 개량 한복을 입은 노신사(인왕산 산신령)가 사람 좋게 웃으며 말을 건다.

산신령　저… 괜찮으시면 같은 주주로서 제가 좀 설명을 드려도 될까요?
강산　　아 예~ 그러면 저희야 감사하죠.

<인서트> 물적 분할 CG 설명

산신령(E)　이 물적 분할이라는 건 기존 회사를 분할하고자 할 때 기존 회사가 지분을 100% 보유한 회사를 신설하는 형태로 이루어지는 회사 분할입니다. 예를 들어 A회사를 분할하여 B회사를 신설했을 때, B회사의 지분을 A회사가 전부 보유한 형태로 회사가 분할된 것이 바로 물적 분할이지요.
강산/행자　(끄덕끄덕) 아하…
행자　　근데 소액 주주들은 물적 분할을 왜 이렇게 반대하는 거예요?

산신령	SG화학 주주들은 미래 먹거리인 배터리 사업을 보고 투자한 건데, 물적 분할을 하면 앞으로는 간접적으로만 배터리 사업부를 소유하게 되는 겁니다. 게다가 신설 법인이 나중에 상장이라도 하면, SG화학의 주가는 떨어질 게 뻔하죠.
행자	아… 설명 감사해요. 정말 젠틀하시네요. 호호…

그때, 의장이 단상에 서서 발언을 시작한다.

| 의장 | 존경하는 주주 여러분. 귀한 시간을 내서 SG화학의 임시 주주 총회에 참석해 주셔서 감사드립니다. 그럼, 제1호 의안 배터리 사업부의 분할 계획서 승인의 건을 상정하겠습니다. (의사봉 '땅땅땅' 두드리는) 앞서 10일간 실시한 전자 투표 결과 찬성 72.5%로 본 건은 원안대로 가결되었음을… |
| 산신령(O.L) | (버럭) 의장~~~!!!! |

강산과 행자, 산신령의 돌발 행동에 깜짝 놀란다.

산신령	(마이크 잡고) 아아, 나로 말할 것 같으면 주총장의 저승사자, 인왕산 산신령이오.
강산/행자	인왕산 산신령…?
산신령	배터리 없는 SG화학은 앙꼬 없는 찐빵! 노른자 없는 계란! BTS 없는 K-POP 아닙니까!! 나는 주주 가치 희석하는 이 개떡 같은 물적 분할, 결사반대합니다!!

물적 분할에 우호적인 주주들이 "앉아!", "조용히 해!", "마이크 뺏어!", "진행합시다!" 외치고, 반대파는 "옳소!", "발언권 주세요!" 외치며 주총장은 순식간에 아수라장이 된다.

IR팀장	(눈 질끈 감으며) 시작됐군…
IR담당	혹시 저분이 그…
IR팀장	(끄덕) 주총꾼 사대천왕, R등급 인왕산 산신령이지.
IR담당	R등급…! 그럼 라이벌 그분… 그분은 안 오셨나요? (그때)
백호랑이	(쩌렁쩌렁) 의장~~!!! 발언권 주십쇼!!

마이크를 넘겨받은 대머리 주총꾼(부암동 백호랑이), 발언을 시작한다.

백호랑이	나. 소액 주주 부암동 백호랑이올시다.
강산/행자	!!!
백호랑이	나는 이 안건에 전적으로 찬성합니다!! SG화학, 만세! 만세!

반대파 주주들이 "조용히 해!", "앉아요!", "마이크 뺏어!" 외치고 난장판이 된다.

| 산신령 | 이이, 거기 빡빡이! 앉아, 인마!! |
| 백호랑이 | (산신령 쪽으로 달려오며) 뭐, 이 새끼야? 빡빡이? |

경호원이 백호랑이를 뜯어말리지만, 서로 도발을 멈추지 않

는다.

백호랑이	너 내 마빡에 뭐 도움 줬어? 넌 머리가 왜 하얘!
산신령	머리털 많아져 봐! 넌 공짜 좋아해서 대머리 됐냐?

고개 돌려가며 둘의 유치한 티키타카를 넋 놓고 바라보는 강산과 행자.

의장	큼… 이로서 배터리 사업부의 분할 계획서 승인의 건은 원안대로 승인, 통과되었음을 선포합니다. (의사봉 '땅땅땅!') 그럼 이것으로 오늘 임시 주주 총회를 마치겠습니다!
주주들	무효다! / 이런 주총이 어딨어! / 막말하지 맙시다! / 날치기하지 마!

또다시 아수라장이 된 주총장.

강산	우와… 진짜 스펙터클하네요. 그렇지 않…
행자(O.L)	(카리스마 있게 손 번쩍 들며) 의장!!!!!!
의장	바…발언하십시오.
행자	저는 소액 주주 정행자라고 합니다. 저는 오늘 머리털 나고 주주총회 난생처음 와 보는데요. 욕설과 비방, 인신공격이 난무하고 머리가 너무 아프네요. 의장. 우리 소액 주주들이 얼마나 답답하면 이렇게 싸우겠습니까! 물적 분할같은 큰 결정 전에는 소액 주주들의 의견도 제발 경청하십시오!

| 산신령 | 옳소! 이 따위로 날치기 IPO하면 누가 공모할 거 같아? SG에너 지솔루션에 114조나 몰리겠냐고!!! 안 사! 안 사! |
| 주주들 | 마이크 뺏어! / 빨강 드레스 앉아! |

또 난리 나고, 지켜보던 IR직원들도 행동 개시를 한다.

| IR팀장 | (비장) 안 되겠다. 상품권이랑 우산, 햄 세트 투입! 빨리빨리! |
| IR담당 | (비장) 넵!! |

15. 몽타주 (옥토끼 우주 센터) / 낮

각종 우주 행성 전시물을 신나게 구경하는 예준.
그런 예준을 흐뭇하게 바라보는 진배.
우주 왕복선 타고 상황극을 해 주는 진배.

진배	대장! 화성으로 출발할까요?
예준	(씰룩씰룩 웃는) 아니야. 일단 목성으로 가지. 연료는 충분한가?
진배	네! 대장!
예준	추진력 최대치로!

360도 회전하는 아찔한 중력저항 체험 기구를 보며 고개를 절레절레 젓는 진배.

| 진배 | 저건 안 되겠다. |

예준이 따라다니느라 녹초가 된 진배, 어느 체험관 앞에 서
있다.

진배   예준아… 할아버지는 이제… 못 할 것 같다… 너 혼자 타라.

예준   (시무룩)… 이거 진짜 해 보고 싶었는데… 보호자 동반이래요.

CUT TO (플라이스테이션)

플라잉 수트, 헬멧, 고글을 착용한 채 손잡고 실내 무중력 체험
을 하는 진배와 예준.

16. 부산 공항 / 낮

부산에 도착한 미서와 선우, 미서는 핸드폰으로 뭔가를 열심히
검색 중이고.

미서   그럼, 여기서 헤어질까요? 전 일정이 좀 있어서. 선우 씨는 뭐 할
         거예요?

선우   저요? 글쎄요… 계획은 없었는데… 기왕 여기까지 왔으니까 기
         업 탐방이나 해볼까…

미서   (급 눈빛 반짝이며) 기업 탐방…이요? 그거 나도 갈 수 있어요?

선우   그럼요. (하다) 아, 안 되겠다. 예약을 안 해서…

미서(O.L)   갑시다! 궁금한 게 있었거든요.

선우   그래도… 갑자기 방문하면…

| 미서 | 에헤이~ 사람이 그렇게 유도리가 없어 가지고… 다~ 방법이 있어요! 갑시다! |

성큼성큼 앞서 걸어가는 미서.
선우, 갸웃한다.

17. SG화학 본사 로비 / 낮

주총이 끝나고 다른 주주들과 함께 로비로 나온 행자와 강산.
강산은 아직도 주총의 감동에서 빠져나오지 못했다.

강산	와… 진짜 귀한 경험했네요. 주식 달랑 한 주 사서 이런 엄청난 엔터테인먼트를 즐기다니… (피식) 베로니카가 (손 번쩍 들며) "의장!!" 하는데, 나 심장이 멈추는 줄 알았잖아요. 멋있어서…
행자	(민망) 주주로서 그 아수라장을 모른 척할 수 있나요. 그래서 한마디 했죠.
강산	(감동) 잘했어요. 역시… 베로니카! 주주다! 참 주주야!
행자	(웃는) 진짜 재미지다, 그죠. (우산 들어 보며) 공짜 우산도 받고. (햄 세트 들어 보이며) 이건 우리한테만 줬네요?
강산	우리가 좀 특별해 보여서? (웃는) 아, 그래서 베로니카는 어떻게 할 거예요? 물적 분할하면…
행자	나는 홀딩. SG화학이 SG배터리의 지분을 70%까지 들고 있겠다 했고… 전기 차 시대가 오니까 배터리의 미래는 밝잖아요. 펀더멘털이 견고하니까.

강산	음… 그렇군요. 그럼 저도 홀딩!

입구에 다다른 두 사람.
밖에는 비가 세차게 내리고 있다.

행자	어? 비가 오네요. 쪼금 기다렸다가… (하는데)

강산, 행자의 어깨를 감싸 안고 우산을 촤악 펼친다.
'SG화학 임시 주주 총회 기념' 글씨가 대문짝만하게 쓰여 있는
우산.
슬로 걸리며 빗속을 함께 달려가는 두 사람.
우산 속에서 두 사람의 눈빛이 마주친다.

18. 영주농기구 대장간 앞 / 낮

허름한 대장간이 있고, 그 뒤쪽에 신식 본사 건물(5층)이 숨겨져
있다.
대장간 앞에 서 있는 선우와 미서.

선우	전화라도 해 보고 오는 건데…
미서	이런 데는 그냥 오는 게 좋아요. 한국 사람들은 또 정이 있어서 직접 오면 막 쫓아내기 그렇거든. 그럼 가 봅시다!

미서, 박카스 박스를 옆구리에 끼고 당당하게 전진한다.

선우, 반신반의하며 미서를 따라간다.

19. 영주농기구 대장간 안 / 낮

문을 빼꼼 열고 쭈뼛거리며 들어오는 선우와 다르게 위풍당당
들어서는 미서.
'깡깡!' 이곳저곳 바쁘게 철을 두드리며 호미를 제작하는 대장
간 모습. 컷컷.
미서, 박카스 뚜껑을 따더니 근처에서 호미 검수를 하는 호미 장
인에게 다가간다.

장인   (별안간 호미를 바닥에 던지며) 이게 아이다!!

미서, 깜짝 놀라고…
장인, 호미를 연마하는 다른 작업자를 향해 호통 치는.

장인   똑바로 몬하나!! 이기를 부끄러버가 우예 미국 사람들한테 내
         놓노!

미서, 선우 쫄았는데… 호미 장인, 그제야 둘을 발견한다.

장인   뉘신교?
미서   (넉살 좋게) 아, 드링크 하나 드세요~ 저희가 이 회사 주준데요. 내
         일 주총 전에 공장 한번 둘러보고 싶어서 왔어요…

뚱한 표정의 장인, 못마땅하게 미서와 선우를 쳐다본다.

장인   …여기 이래 막 들어오고 그러는 데 아닙니다. (심드렁) 주총은 내
          일이니까 궁금한 거 있으면 내일 오소!
미서   (급 불쌍한 척) 저희가 너무 걱정돼서 왔어요… (한숨) 전세금 다 빼
          서… 있는 돈 없는 돈 다 털어서 여기 주식을 샀거든요.

미서, 한껏 불쌍한 표정으로 장인을 쳐다보고…

장인   (어느새 끄덕이며) 둘이 부분교?
선우   아… (말 하려는데)
미서(O.L)   네! (불쌍한 척) 근데 아직 식도 못 올렸어요. 그럴 돈도 없어서…
장인   (안타깝) 그래… 식은 마 나중에 올리믄 되지… 둘이 잘살기만
          하믄 된다! 부부끼리 열심히 아끼고 노력하믄 돈은 어떻게든 모
          이더라고. (다 마신 박카스 병 내려놓으며) 고마 가이소.
미서   (머리가 빠르게 돌아간다) 우읍!… (헛구역질)
장인/선우   !!
미서   죄송해요…
장인   (의자 주며) 얼라가 있다고 진작 말을 하지 그랬노! 앉으이소.

선우, 어안이 벙벙하고… 미서, 얼른 의자에 앉는데 뭔가를 발견
한다. 장인이 내던진 호미.
호미를 들어서 천천히 보는 미서, 호기심에 어린아이처럼 눈이
반짝거린다.

미서	(호미 보며) 와… 이 호미 오랜만이다…!
장인	(힐끔 보는) …
미서	저희 할머니가 공주에서 고구마 하셨는데 밭매실 때는 무조건 이 영주 호미만 쓰셨거든요. 이 상표 보니까 이제 기억난다…! 할머니가 맨날 그러셨어요. 이 호미는 하루 종일 써도 팔이 안 아프다고…
장인	큼… (뿌듯) 그기… 호미의 구부러진 각도가 쪼매라도 안 맞으면 손목이 억수로 아프다.
미서	아~ 이 각도가요?
장인	…그기… 날이 얇고 뾰족해야 땅 파고 이러는 기 쉽고. 그렇다고 너무 얇으면 부러지니까 힘들어 가는 데는 두껍게 해야 되는 기지.
미서	(호미 날 각도 보며) 와… 예술이다 진짜…
장인	(내심 기분 좋은) 젊은 사람이 우리 회사 호미를 다 알고… 별일이네. 큼… 이쪽으로 와 보이소.

미서와 선우, 신나서 장인을 따라가고…
뜨거운 가마에서 '깡깡!' 호미 성형하는 모습을 구경시켜 주는
장인.

미서	근데 사장님, 외국에서 인기가 엄청나다고 들었어요! 야마존 원예 부문 탑 텐! 맞죠?
장인	(끄덕) 미국 사람들은 정원 일할 때 쓴다 하대.
미서	(슬쩍) 음~ 근데 야마존에서 그렇게 인기가 많으면 수출도 많이

	할 텐데 재무제표 보니까 매출액이 그렇게 안 늘어나더라고요? 이유가 뭘까요…?
장인	휴… 그게…
선우	아무래도 해외 영업이 문제겠죠? 영어나…
장인	…따라온나.

20. 호미 회사 신식 건물 해외 영업팀 / 낮

깔끔한 인테리어의 사무실에 와 있는 장인과 미서, 선우.
여러 직원이 전화를 붙잡고 통화 중이다. '웨이 니하오! 하오. 하오!', '스파시바', '도조요로시꾸 오네가이시마스~' 세계 각국의 언어가 들려온다.

장인	우리 해외 영업1팀.
미서/선우	(입이 떡 벌어진다) 우와…
해외 영업1	(수화기 손으로 막고) 사장님! 영국 바이어신데 잠깐 통화 좀…!
장인	(당황한 기색) 뭐? 영국? 내 없다 해라!!
해외 영업1	얼른 받아 보세요.
장인	(할 수 없이 통화한다. 수화기 들자마자 유창) 헬로우. 미스터 스미스? 으흠~ 더 쉽먼트 윌 비 어라이브드 인 런던 바이 넥스트 위크. 땡큐 포 유어 페이션스. (Hello Mr. Smith! the shipment will be arrived in London by next week. thank you for your patience.)
자막	안녕하세요, 스미스 씨! 화물은 다음 주쯤 런던에 도착할 것입니

다. 양해해 주셔서 감사합니다.

장인의 유창한 영어 실력에 놀란 미서와 선우.

선우   여…영어… 엄청 잘하시네요.
장인   (선우 어깨 탁 잡으며) 야, 너두 할 수 있어.
미서   역시 야너두… (하다) 아, 그럼 혹시… 디자인 쪽 문제인가요? 요
         즘은 그런 것도 무시 못 하잖아요.

         CUT TO

또 입이 벌어진 채 놀라고 있는 미서와 선우.
보면, 디자이너가 일러스트레이터 프로그램으로 능숙하게 킨포
크 감성의 호미 박스를 디자인하고 있다.
무심한 얼굴로 장인이 가리키는 곳 보면, 톤 다운된 세련된 색상
과 디자인의 호미 포장 박스들.

장인   우리 수석 디자이너가 파슨스 나온 재원이여. 디자인은 문제
         없다~
미서   이쁘다… 호미 박스…
선우   그럼… 혹시 마케팅이…?

         CUT TO

장인	박 팀장! 그 스우파랑 호미 댄스 콜라보 한 영상은 언제쯤 업로드하노?
마케팅 직원	아, 오늘 편집 마무리해서 내일 올라갑니다!
장인	오케이~!
미서	와… 스우파!… 트렌드를 놓치지 않는 마케팅까지…
장인	우리 회사가 100년 유산 기업으로 선정돼서 이런 건 도에서도 도움을 마이 받았다.
선우	그럼… 도대체 뭐가 문제죠?
장인	문제는… 원자재다!
미서/선우	??
장인	철 말이다, 철!
미서/선우	철이요…??
장인	호미는 수작업으로 하나하나 직접 가공해야 되는데… 농기구 제작만을 위한 소재는 없다. 그래서 폐차장의 판스프링 같은 걸 수거해서 만드는데… 이마저도 수급이 안정적이지 않아… 그래서 지금 주문이 쏟아져도 수출을 못 하고 있는 기다… (그때, 전화 와서 받는) 네 김 사장님, 아! 판스프링 들어왔어요? 오케이, 지금 갈게요.

전화 끊고 나서려는 장인을 턱 붙잡는 미서.

미서	저희가 갈게요!!! 사장님은 호미 만드는 데 집중하셔야죠!
장인/선우	??

21. 버스 정류장 앞 / 낮

버스에서 내린 예준과 진배.

그때, 예준의 핸드폰이 울린다.

예준, 핸드폰 보고 사색이 된다. 망설이다 조심스레 받는…

예준 모(F)   (버럭) 임예준!

버럭 하는 예준 모(母) 목소리가 진배에게까지 들리는.

걱정스런 진배의 표정.

예준 모(F)   너 대체 어디야!!! 영어 학원도 빠지고! 수학도 빠지고! 당장 집
            에 들어와!

예준   네…

예준, 잔뜩 주눅 들어 전화를 끊는다.

예준   할아버지… 저 빨리 집에 가 봐야 될 거 같아요… 죄송해요…

진배   죄송하긴! 이렇게 시간이 늦은 줄도 몰랐구나…

예준   (꾸벅 인사하며) 가 볼게요…

진배   예준아!

예준   (돌아보는) ?

진배   오늘 할아버지는 예준이 덕분에 정~말 즐거웠다! 비록 엄마 허
            락 없이 학원 빠진 건 미스테이크였지만… 예준이도 정말 행복
            해 보였다. 주식할 때보다!

예준	(울컥)
진배	예준이가 더 크면 알게 되겠지만… 인생에는 학교나 학원에선 절대 배울 수 없는 것들도 많아. 쓸데없는 경험이란 건 없어. 알겠지?
예준	(글썽)…
진배	할아버지는 예준이 편이야! 힘내!! 치얼 업!!

진배의 말에 기운을 얻은 예준, 용기를 낸다.

예준	(눈빛 초롱초롱) 할아버지… 혹시 주말에 시간 있으세요?
진배	응? 왜?

22. 고물상 / 낮

얼굴에 검댕을 묻힌 미서 선우, 금속 고물 속에서 열심히 판스프링 뒤지고 있다.
같이 온 호미회사 직원은 고물상 사장과 대화 중이다.

고물상 사장	저분들은 누구…?
직원	저희 회사 주주라는데… 부부가 전 재산이라도 걸었나 봐요… 쯧쯧…
선우	(힘들다) 하… 이렇게까지 해야 돼요, 미서 씨…?
미서	그럼 어떡해요! 이 고물에 호미의 미래가 달렸는데! 그런 말할 시간에 하나라도 더 찾아요!

선우, 할 수 없이 계속 찾다가… "어?!" 트럭의 판스프링을 발견한다.
판스프링을 이리저리 보다가 생각에 잠기는 선우.

선우(E) 얇고 평평하네. 이거 어디서 많이 봤는데…

<플래시백>
과거 자산 운용사 펀드 매니저 시절 선우.
책상에는 '2016년 철강 업황 보고서' 놓여 있다.
철강 회사 '포스커' 홈페이지 보면서 포스커 주식 담당자(강 차장)와 통화하는 선우.

선우 강 차장님, 철광석 가격 인상 폭은 3분기 반영된 건가요? (사이) 아, 네… 그럼 그건 빌렛을 말씀하시는 건가요? (사이) 아, 평철이요?

클릭해서 평철 사진 보는 선우.

<다시 현재>
선우 (생각났다) …평철…!! (폰을 꺼내는데) 아… 번호가…

선우, 잠시 생각하더니… 번호를 기억해 내고 전화를 건다.

선우 …아, 강 차장님. 저 최선웁니다. 오랜만이죠? 네…네… (사이) 다

름이 아니라, 농기구용 평철을 좀 공급해 주실 수 있을까 해서
요… 빌렛을 평철로 가공하면 될 것 같은데…

통화하는 선우를 물끄러미 보는 미서.

23. 호미 회사 신식 건물 / 낮

돌아온 미서와 선우.
기뻐하는 장인.

장인   아이고! 그게 참말이가?

선우   네, 포스커에서 평철을 안정적으로 공급해 줄 수 있다고 합니다.
        고철로 제작한 것보다 내마모성이 대폭 향상돼 호미 퀄리티도
        훨씬 좋을 거라고 하네요.

장인   아이고… 인자 문제없게 됐구먼! 고맙소! 근데… 이런 일을 어
        찌 그래 쉽게…?

미서   아니, 무슨 일을 막 전화 한 통으로 착착 해결해서 일본 드라마
        보는 줄 알았다니까요? 알바의 품격! 만능 사원 선우 짱!

24. 미서의 상상 (일본 드라마 패러디) / 낮

고물상 전경. 희망적인 일드풍 BGM이 흐르고.
<만능 사원 선우 짱 万能社員 善優ちゃん> 타이틀 뜬다.
판스프링 뒤지다 좌절하는 선우(촌스러운 정장, 샤기 컷), 미서(일자 앞

머리 있는 촌스런 단발, 인형 같은 속눈썹, 일본식 화장).

선우   다메다! 초루판가 나이데씃! (자막: 틀렸어! 철판이 없어!)

미서   소누 짱, 포기와 배추데스요! (자막: 선우 씨, 포기는 배추 셀 때나 쓰는
                   말이에요!)

미서, "간바레!" 하며 팔을 들어 오버스러운 응원하자,
선우, "미소 짱~~" 감격하며 글썽인다.
선우, 포스커 본사 문을 벌컥 열고 들어온다. 뒤따라온 미서.
로비에 있던 강 차장과 직원들, 선우를 보고 과하게 놀란다.

강 차장   에?? 소누 짱? 조또 오랜만데스요! (자막: 선우 씨? 진짜 오랜만이에요!)

선우   다름이 아니꼬, 호미노 만들라꼬, 퓽초르 오네가이시마스. (자막:
                  다름이 아니라, 호미를 제작할 용도로 평철을 공급받을 수 있을까요?)

강 차장   헤에~??? 호~미?! (자막: 호미 말입니까?)

선우   호미노 만들 초루가 없어 가꼬 수출 나가리데스요. (자막: 호미를
                  만들 원자재가 부족해서 수출에 어려움이 많으시대요)

강 차장   (끄덕끄덕) 헤에… 혼또데스까? (자막: 음… 정말인가요?)

선우   아나따노 이메지에도 조또 삐까삐까 데스요~ (자막: 도움을 주시면
                  귀사의 지역 상생 이미지에도 도움이 될 것 같습니다.) (90도로 인사, 비장) 오
                  네가이시마스! (자막: 부탁드립니다!)

강 차장   하이. 뿜빠이데스! (자막: 알겠습니다. 공급하겠습니다.)

강 차장과 직원들, 서로 쳐다보며 긍정적으로 고개를 끄덕이는.

미서	소누 짱…! 스고이!! 야부리 이빠이 잘터러따데스네~ (자막: 선우
	씨…! 대단해! 언변이 정말 대단한걸?)

25. 호미 회사 신식 건물 / 낮

선우를 의아하게 보고 있는 장인과 미서.

미서	일본 드라마 주인공인 줄… 어떻게 한 거예요??
선우	(머쓱) 아… 제가 철에 관심이 좀 많아서… (아무 말) 철강 덕후입
	니다.
미서	철강… 덕후요? (풉…) 아니 근데…아무리 철강 덕후라 해도 어
	떻게 철강 회사 사람까지 알아요? 포스커 강 차장님?
선우	(당황) 아… 그냥 예전에 일할 때 알던 사람이에요.

아무 말이나 하며 얼버무리는 선우.
미서, 갸웃한다.

| 선우 | (서둘러) 그럼, 내일 주주 총회에서 뵙겠습니다! |

선우, 장인에게 인사하고.
미서도 따라 인사한다.

미서	K-호미 화이팅!!!
선우	화이팅!

미서와 선우, 영주농기구 주식회사에서 나와 걷고 있다.

미서	다행이다… 이제 호미 수출 팍팍 늘겠어요. 매출 오르면 주가도 오르겠죠~? 이게 다 만능 사원 선우 짱 덕분이에요!
선우	(긁적) 또 놀리는 것 같은데…
미서	똑똑하군! 역시 서울대.
선우	(웃는) 학교 얘기 좀 그만해요.
미서	아 왜요? 내가 서울대 다녔음, 죽으면 수의로 서울대 과잠 입고 갈 건데!
선우	(피식) 근데… 우리 이제 어디 가죠?
미서	나만 따라와요. (비장) 꼭 가 봐야 할 곳이 있어요!

27. 식당 / 저녁

미서와 선우가 앉은 식탁 한가운데, 랍스터 라면과 랍스터 찜이 놓여 있다.

미서	제가 부산 오면 이걸 꼭 먹고 싶었거든요.

미서, 선우 접시에 라면 덜어 주고, 자기 접시에도 덜어서 후후 불며 맛있게 먹는다.
선우, 그 모습을 보다가 비닐장갑을 끼고 뜨거운 랍스터를 까서 미서의 앞접시에 놔준다.

미서, 그런 선우를 가만히 쳐다보다가 말을 꺼낸다.

미서   근데요… 왜… 편의점에서 알바해요? 알바 말고 정규직으로 일
        할 수 있는데 많잖아요.

선우   …나한텐 고마운 일이에요. 나 같은 걸 받아 준… 전 재밌게 일
        하고 있어요.

미서   더 좋은데 취직할 수 있을 것 같은데.

선우   못 해요.

미서   네? 왜요?

선우   뭐… 지금 일 좋은데요. (랍스터 까서 놔주고) 여기. 더 먹어요.

미서, 선우가 접시에 놔준 랍스터 먹으며 선우 표정을 살핀다.

        <플래시백>
        2부 #31 편의점에서 선우가 쓰러졌던 장면

미서(E) 혹시… 아파서 그런 건가?

미서, 짠하게 선우를 쳐다보고, 선우는 묵묵히 랍스터를 깐다.

선우   숙소 빨리 안 잡아도 돼요?

미서   아… 어차피 평일이라 아무데나 가도 될 거 같은데요?

28. 모텔1 프론트 / 밤

선우와 미서, 모텔 카운터에 뻘쭘하게 서 있다.
주인 아줌마, 둘을 쳐다보고 있고…

선우 방 2개 주세요.
주인1 죄송해요. 방 없어요~
미서 네? 왜요? 평일인데…
주인1 아시다시피 해운대 로망스 불꽃 축제 기간 아입니까.

29. 모텔2 프론트 / 밤

선우와 미서, 다른 모텔에 왔다.

선우 방 있나요?
주인2 없습니다. 아시다시피 해운대 로망스 불꽃 축제 때문에…

30. 호텔 프론트 / 밤

미서와 선우, 할 수 없이 더 좋은 고급 호텔로 방을 구하러 왔다.

직원 (확인 후) 고객님. 죄송한데 지금은 디럭스룸 오션뷰로 딱 하나 남
    아 있습니다.
미서 하나요…? 딱 하나요?
직원 네. 아시다시피…
미서(O.L) 해운대 로망스 불꽃 축제 때문인가요?

직원	(끄덕) 네. 맞습니다.
미서	(선우 쳐다보는) 어떡하죠?
선우	방 주세요.
미서	!!

선우, 카드 내밀어 결제하고 있는데… 미서, 어리둥절한 표정으로 선우를 쳐다본다.
선우, 카드키 받아서 미서에게 건네는.

선우	미서 씨가 여기서 자요.
미서	예?
선우	그럼 내일 봐요.

선우, 걸어가고… 미서, 선우의 뒷모습을 보고 서 있다.

31. 호텔 방 / 밤

미서, 방으로 들어와서 짐을 내려놓는다.
창밖으로 보이는 반짝이는 바다 야경을 잠시 바라보다가 휴대폰을 꺼낸다.
진욱에게 보낸 문자에는 아직 답장이 없는 상태다. 한숨 푹 쉬는 미서.

미서	하루라도 술을 안 먹을 수가 없네…

32. 호텔 앞 거리 일각 / 밤

　　　　미서, 편의점 봉지 들고 들어가다가 뭔가를 본 듯 멈칫한다.
　　　　벤치에 앉은 검은 실루엣의 뒷모습… 천천히 다가가서 확인하
　　　　자 덜덜 떨고 있는 선우다.

미서　　　선우 씨? 여기서 뭐해요!
선우　　　아… 미서 씨… (입이 얼어서 발음이 어눌한) 아시다시피… 해운대 오
　　　　　망스 브꽃 축제 때문에… 방이 없더라구요…
미서　　　그렇다고 바보같이 여기서 덜덜 떨고 있어요? 연락하지 그랬어
　　　　　요! 일어나요!

33. 호텔 방 / 밤

　　　　선우, 미서를 따라 방으로 들어온다.
　　　　눈에 들어오는 퀸 침대.

선우　　　…제가 소파에서 잘게요.

　　　　다시 미묘해진 둘의 분위기.

미서　　　(어색)… 씻으세요.
선우　　　(당황한 눈빛)
미서　　　(당황) 아니…! 추운 데 있었으니까… 감기 걸릴까 봐요…!

선우, 어색하게 옷 챙겨서 욕실로 들어간다.
잠시 후, 미서의 전화벨이 울린다. 보면, '우리 자기'다.
놀란 미서, 긴장한 표정으로 전화를 받는다.

미서   오빠… 응… (사이) 어… (그러다 굳어 버리는 표정) 뭐…?

잠시 시간이 멈춘 듯 침묵이 흐른다.

진욱(F)   결혼식은… 취소하자.

이내 진욱의 전화가 끊긴다.
미서, 충격 받은 표정으로 끊긴 전화를 쳐다본다.

CUT TO

선우, 씻고 나왔는데… 미서가 쪼그려 앉아 있다.

선우   미서 씨… 왜 그래요?

미서, 고개를 드는데… 얼굴이 눈물범벅 돼서 울고 있다.

미서   오빠랑… 진짜… 헤어졌어요.
선우   …갑자기 왜요?
미서   갑자기가 아니라… 오빠는 진작 헤어졌던 거죠. 처음부터 그냥 나만 놓으면 끝나는 관계였던 거예요. (서럽게 울며) …진짜 나 같은 건 왜 살까요?

선우, 어떻게 위로할지 난감하다.
어쩔 줄 몰라 하다가 이내 옆으로 붙어 앉는다.

선우   그런 말 하지 마요. 미서 씨… 좋은 사람이에요.

미서   위로하지 마요. 처음부터 끝까지… 내가 다 망쳤어요… 난 진짜 노답이에요. 제대로 된 게 하나도 없어요… (얼굴 파묻고 훌쩍이는) 나 같은 건 상장 폐지해야 돼… 씨이…

선우   미서 씨. 잘 나가는 주식도 늘 오르기만 하진 않아요.

미서   …

선우   소외된 종목도… 때를 기다리면 언젠간 오르거든요. 좋은 종목 이라면요.

미서   (천천히 울음을 그치고 고개를 들어 선우를 본다) …

선우   미서 씨는 좋은 종목이에요. 언제나 긍정적이고, 씩씩하고… 밝고… 미서 씨랑 같이 있으면 나도 모르게 웃게 돼요…

두 사람, 눈이 마주치는데 엄청 가까운 거리다.
시간이 멈춘 듯 정적이 흐르고… 둘은 서로를 바라보고 있다.

미서   …선우 씨, 나 좋아해요?

선우   …

창문 밖에는 화려한 불꽃이 터지고 있고.

미서와 선우, 눈 마주친 채로 미묘한 분위기…

두 사람의 심장 뛰는 소리가 서로에게 들리는 듯하다.

선우, 미서에게 다가가 입을 맞춘다.

서로의 마음을 확인하고 키스하는 두 사람의 모습에서…

<7부 끝>

주식 성공투자의 지름길
상한가로 **숙자**

EPILOGUE

7

주주님의 취향을
존중합니다

#세상의 모든 주식

#1. 행자 족발집, 책상 위 / 밤

족발집에서 모니터 화면을 보고 있는 행자.

행자   뭐야~ 하는 거야 마는 거야…

라이브 대기 상태인 화면에서 슉가 얼굴 나오면.

행자   (잠시 후) 어?! 나온다!!

#2. 슉가 유튜브 전용방 & 행자 족발집, 책상 위 / 밤 (교차 편집, 화면 분할)

슉가, 개인 방송 화면이 보이는 방구석 한편에서.
방송 입장하는 사람들 화면 효과.
댓글, '예림맘 님이 입장하셨습니다'

슉가   안녕하세요. 오늘도 어김없이 찾아온 슉가입니다! 오늘은 제가 좀 재밌는 걸 가져왔습니다. 우리 형님들이 뭘 좋아하시나 여러분의 주식 취향을 알아보는 <주식 밸런스 게임>을 해 보려고 합니다.

행자   주식 밸런스 게임????

댓글 '나 밸겜 과몰입런데ㅋㅋㅋㅋ 빨리 고고', '왠지 밸붕각 나올 것 같은데~~'

숙가 그럼 바로 시작할게요. 둘 중에 하나 골라서 댓글로 올려 주세요. 첫 번째입니다. 주주로서 의결권이 있는 <보통주> vs. 의결권은 없지만 보통주보다 배당을 더 받는 <우선주>, 여러분의 취향은 어떤 것입니까.

댓글 '당연히 보통주!! 내가 마 주인인데 당연히 권리 주장해야지!', '밸붕; 일개미 주제에 권리 챙겨서 뭐함ㅋㅋ 배당이나 야무지게 받아야지'

행자 음… 보통주? 우선주? 뭐가 더 좋은 거지… (갸웃하는)

(CG) 보통주 vs. 우선주 차이

보통주 vs. 우선주

- 보통주: 말 그대로 '보통의 주식'
  보유한 주식의 수만큼 의결권을 갖는다.
  투표권, 이익배당청구권, 잔여재산 청구권
  등의 각종 권리를 누릴 수 있다.
- 우선주: 보통주보다 이익배당이나 잔여재산 분배들을 우선으로 받을 수 있다.
  기업의 중요 사안에 대해 의결권 없음.

숙가 우리가 일반적으로 사는 주식을 보통주라고 합니다. 주주는 자신이 보유한 주식의 수만큼 주요 사항에 대해서 결정할 수 있는 의결권을 가지게 됩니다. 보통주는 이러한 의결권이 있는 주식이죠. 그렇다면 우선주는 무엇이냐. 의결권이 없는 대신에 이익 배당이나 잔여 재산 분배 같은 특정한 우선권을 부여한 주식을 우리가 흔히 우선주라고 합니다. 여러분이 좋아하는 기업 중에 H차가 있죠. H차를 검색하면 H차 뒤에 '우'라고 붙어 있는 종목이 있는 걸 알 수 있습니다. 이 '우'가 바로 우선주를 나타낸다고 보시면 될 것 같습니다. 너무 당연하게 일반 보통주가 우선주보다 발행량도 월등히 많고 거래량도 훨씬 많습니다. 그렇다면 보통주가 비쌀까요? 우선주가 비쌀까요?

댓글 '우선주!!', '일단 오르고 보자', '보통주는 가격이 보통이야'

숙가   회사는 주주를 위해 일하고 주주를 위해 결정을 합니다. 왜냐하면 주주가 곧 회사의 주인이기 때문이죠. 따라서 회사의 결정에 의사를 표할 수 있는 결정권이 배당을 조금 더 주는 권리보다 더 비싸게 평가를 받습니다. 그래서 보통주의 가격이 우선주보다 높은 것이 일반적인 모습입니다.

	보통주	우선주
의결권	O	X
발행량	많음	적음
거래량	많음	적음
가격	높음	낮음

'보통주만 발행하면 되지~ 보통주도 발행하고 우선주도 발행하고 도대체 왜 그런 겁니까?'

숙가   회사가 돈이 필요할 때는 은행에서 빌리거나 아니면 회사 채권을 발행합니다. 결국 부채, 빚입니다. 언젠가 갚아야 되는 거죠. 그러다 보니 회사가 지나치게 많은 돈을 빌리면 재무 부담이 굉장히 커지면서 회사의 신용 등급도 내려갈 수 있고 주식 가격에도 악영향을 미칠 수 있습니다. 우선주는 주식이기 때문에 다시 갚아야 하는 채권이나 은행 빚과는 다릅니다. 부채가 아닌 회사에 자본이 되겠죠. 또 의결권이 없기 때문에 지분 희석도 없고, 경영에 간섭받을 일도 없고, 주주들이 싫어하는 일도 없습니다. 그래서 이런 이유로 기업들이 돈이 필요할 때 우선주를 발행한다고 보면 되겠습니다. 다만, 우선주를 사는 입장에서는 '의결권도 없고 나한테 돈을 빌려 가면 뭘 더 줘야 될 거 아니야?' 그래서 우선주는 보통주 대비 높은 배당을 준다고 볼 수 있습니다.

행자, 보통주 vs. 우선주 고민하다 고른다.

행자   그럼 나는 우선주가 더 당기는데 배당을 더 많이 주니까.

행사, 영싱 시청하다가 채팅창에 질문을 적는다.

행자   ㉤ 배당 많이 주는 주식으로 투자하면 되나요?
숙가   예림이 어머님 오랜만에 오셨네요. 배당주에 투자하는 분들 많으시죠~ 우선주 좋아하시는 분들은 배당주도 좋아하십니다. 다만 지나치게 배당 수익률이 높은 주식이 있습니다. 그럴 때는 주의를 기울이셔야 돼요. 몇 년 동안 꾸준하게 배당금을 지급했는가, 아니면 배당 성향, 기업이 번 돈 중에서 얼마나 주주한테 나눠줬는가, 주주 환원을 잘하는 기업인지 따져보는 게 필요할 것 같습니다.

> ○●●
>
> **배당주?**
>
> 기업이 일정 기간 벌어들인 이익을 주주들에게
> 나눠주는 주식이자, 다른 주식에 비해 높은 배당 수익
> 이 기대되는 주식을 가리키는 표현으로
> 보통 시가배당률이 3% 이상이면 배당주라고 판단.
>
> * 거래 전에 과거 배당금/배당 성향/배당수익률 등 체크는 필수!

그 다음 문제로 가겠습니다. 여러분은 어떤 선택을 하실까요. 현재의 가치로 평가 받는 <가치주>라는 게 있습니다. 미래의 성장성으로 평가 받는 <성장주>라는 것도 있습니다. 여러분의 취향은 어떤 것입니까?

행자   (자신 있게) 가치주!!! 가치 있는 게 좋은 거지!!

숙가   일반적으로 가치주라는 것은 실적이나 가지고 있는 자산에 비해서 기업의 가치, 한마디로 기업의 가격이 상대적으로 저평가돼서 낮은 가격에 거래되고 있다는 것을 의미합니다. 반대로 성장주는 앞으로의 성장 가능성이 많고 기업이 커질 것 같아 현재 갖고 있는 기업 가치나 실적, 자산에 비해서 가격이 높게 형성됩니다. 왜냐하면 미래에 대한 기대가 있기 때문이죠. 기업 가치

가치주 vs. 성장주

- 가치주: 기업가치가 상대적으로 저평가
           주가가 상대적으로 낮은 편으로 형성
- 성장주: 기업가치가 상대적으로 고평가
           주가가 상대적으로 높은 편으로 형성
- 성장주도 시간이 지나면 가치주가 되고 가치주도
  어느 순간 성장주가 될 수 있다.

가 상대적으로 고평가되고 가격이 높게 형성되는 주식을 흔히 성장주라고 이야기합니다. 여러분이 아는 대부분의 IT기업들이 얼마 전까진 성장주라고 불렸습니다. '네이땡, 카카땡 등은 과거에 다 성장주로 불려서 앞으로 성장을 많이 할 거다' 라는 기대를 받았던 주식이라고 할 수 있겠죠. 그렇다면 우리는 어떤 주식을 선택해야 될까요.

댓글 '사실 나 신 내렸거든? 그래서 무조건 성장주 감ㅋㅋ 우리 동자신이 점지해 줌', '난 ISTP라 무조건 가치주; 현재가 중허지'

숙가 중요한 것은 끊임없는 기업 분석과 공부를 통해서 저평가돼 있는 주식을 찾아야 한다는 점입니다. 그러나 주식 시장의 흐름에 따라서 어떤 시기에는 저평가돼 있는 주식이 좀 올라갈 때가 있고 어떤 시기에는 성장주들이 더 가파르게 올라갈 때도 있습니다. 그래서 저 같은 경우는 기본적으로 포트폴리오에 어느 정도 섞어서 둘 다 배분해서 가져갈 것을 보통 많이 권해 드립니다.

행자, 영상 시청하다가 채팅 창에 질문을 적는다.

행자   (E) 저평가 기업 찾을 때 뭘 보면 좋을지 알려 주세요.

숙가   가장 안전하게 투자할 수 있는 것은 실적 베이스로 투자하는 겁니다. 성장주건 가치주건 가장 중요한 것은 실적이 꾸준하게 상승하고 있느냐, 과연 돈을 벌 수 있느냐, 흑자로 전환했느냐, 이런 것들을 따져보는 게 더 중요하다고 할 수 있습니다. 그러면 저평가된 기업을 어떻게 찾을 수 있을까요?

저평가된 기업을 찾는 방법?

- PER이 낮을수록 저평가이다?
  PER(주가수익률): 기업의 순수익 대비 주가 수준

- PBR이 낮을수록 저평가이다?
  PBR(주가순자산비율): 주당 순자산가치에 대한 비율

- 다만, PER/PBR이 낮다고 꼭 저평가는 아님.
  반드시 투자할 기업을 고르는 것보단 투자하면
  안 되는 기업을 필터링하는 역할로!

사실 전통적인 방법은 있습니다. 예를 들면 여러분도 많이 들어 보셨을 거예요. PER, PBR, 이런 숫자들이 있습니다. PER은 예전에 우리가 공부해 봤지만 PER 수치가 낮을수록 이익에 비해 저평가되어 있지 않나 생각을 하고 PBR도 마찬가지입니다. PBR 수치가 낮으면 저평가되어 있지 않나 이렇게 살펴보는 것이 일반적입니다. 다만 PER이 낮다고 무조건적으로 저평가되어 있는 기업이라고 판단할 수는 없겠죠. PER, PBR을 통해서 내가 반드시 투자할 기업을 고르는 것보다 내가 투자하면 안 될 기업들을 필터링하는 요소로 사용한다면 훌륭한 투자 지표가 될 수 있습니다. 험난한 주식 시장, 투자 시장, 여러분 항상 성공적인 투자를 기원하면서 저는 슉~ 가겠습니다. 안녕~

방송 종료되는 화면 효과.

8부

개잡주에서
우량주의
향기가 난다

1. 호텔 방 / 밤

선우와 미서, 키스에 심취해 있는데…
이내, 미서를 잡고 떼어 내는 선우.
갑자기 중단된 키스에 당황한 미서.

선우　　　　…잠깐만요…

하더니 코트를 들고 밖으로 나가는 선우.
미서, 당황스러운데…

2. 호텔 욕실 / 밤

당황한 채로 욕실에 들어온 미서.

미서(E)　　　뭐지?

옷을 잡고 킁킁 냄새 맡아보는 미서, 별 냄새 안 나는지 갸웃.
입 냄새도 맡아 본다. 또 갸웃…
그러다 거울 보며 울어서 엉망이 된 얼굴 상태를 정리하는 미서.

3. 호텔 방 / 밤

미서, 쭈뼛거리며 나오는데… 선우가 안 보인다.

미서   …선우 씨? …선우 씨??

미서, 이곳저곳 두리번거려도 선우가 없다.
괜히 커튼도 걷어 보고… 침대에 이불도 들춰 보고… 옷장도 열
어 보고…
미서, 뻘쭘하게 침대에 앉아서 일단 선우를 기다려 본다.

4. 바닷가 / 밤

그 시각, 찬바람을 맞으며 달리고 있는 선우.
그러다 힘에 겨워 멈춰 서서 상체를 숙이고 숨을 헐떡인다.

선우   (가쁜 숨을 몰아쉬며) …미쳤네… 나 같은 새끼가…

숨을 헐떡이는 선우의 모습에서 카메라 모래사장 쪽으로 팬
하면…

<타이틀>
- 개잡주에서 우량주의 향기가 난다 -

5. 호텔 방 / 밤 → 아침

미서, 망부석처럼 침대에 앉아서 선우를 기다리고 있다.
1시간이 흐르고… 2시간이 흐르고…
그 자세 그대로 아침이 밝았다. 눈에 다크서클 내려온 미서.

미서   (천천히 창문 쪽 보며) 아침이네… (허망하게 '끌끌' 웃는)

발코니 문 열고 나가는 미서.
'짹짹짹' 새소리가 들리고 아침 햇살이 비추는 바다가 물색없이
아름답다.

미서   (멍하니 바다 보다 현타) 아씨… 쪽팔려… (바다 향해 '쩌렁쩌렁' 외친다)
       최선우!!! 죽여 버릴 거야아~!!!

6. 호텔 로비 / 낮

호텔 로비 소파에 앉아 있는 선우, 괜히 오싹… 소름이 돋는다.
멀리 미서가 자신의 캐리어에 선우 백팩까지 들고 로비로 오는
게 보인다.
선우, 미서를 발견하고 다가가서 미안한 표정으로 가방 받는.

선우	잘… 잤어요?
미서(E)	잘 잤겠니… (ON) 여기서 잤어요?
선우	네.
미서	(열 받는) 아니 어제는 왜 갑자기… (하는데)
선우(O.L)	주총… 늦겠어요. 빨리 가죠.

피하듯 앞서 가 버리는 선우.
미서, 황당하다.

미서	뭐야? 아니, 쪽팔린 건 난데 왜 지가…

미서, 짜증 나는데 일단 따라간다.

\#. 옥탑방 전경 / 낮

7. 옥탑방 안 / 낮

　　강산, MTS를 켜고 주식 잔고에 있는 'SG화학' 한 주(241,000원)를
　　진지하게 본다.

　　　　<플래시백> 7부 #17.

강산	베로니카는 어떡할 거예요? 물적 분할하면…
행자	나는 홀딩. SG화학이 SG배터리의 지분을 70%까지 들고 있겠

다 했고… 전기 차 시대가 오니까 배터리의 미래는 밝잖아요.

<다시 현재>
강산, 결정을 내리고 심호흡 한 번 한다.

강산   펀더멘털이 견고하니까!

강산, 눈 질끈 감고 "엄마!!!!" 외치며 'SG화학' 두 주를 추가 매수해 총 세 주가 된다.
SG화학 3주, 723,000원.

8. 거리 일각 / 낮

옥탑방에서 나와 거리를 걷고 있는 강산.

강산   우리 회사 잘 되고 있나… 한번 볼까?

강산, 폰으로 주식 창을 켜보는데… 놀라서 눈이 휘둥그레진다.
SG화학 3주, 241,000원 → 242,000원 (+0.41% /+3,000원)
입이 귀에 걸린 강산, 순간, 강산의 눈에 세상이 모두 아름다워 보인다. (반짝 효과 CG)
투스텝으로 걷는 강산.

꽃집 앞 큰 꽃다발을 나르고 있는 꽃집 주인.
강산, 웃으며 다가가 대신 들어주며.

강산   (향 맡고) 음~ 참 향기롭네요! 하하하!

거리 일각. 풍선을 들고 걷던 아이. 풍선을 놓쳐서 하늘로 날아
가려 하자, 강산 멋지게 점프해서 풍선을 잡아 건네는 강산.

강산   (미소) 여있어요, 꼬마 아가씨.

불광천 트랙. 산책로를 달리는 강산, 산책하는 할머니를 보고 밝
게 인사한다.

강산   (산뜻한 미소) 공기 너무 좋죠? 건강하세요~ 어르신!!

불광천 징검다리. 하이텐션으로 깡충깡충 건너는 강산.
다리를 다 건넌 강산, 다시 주식 창을 보는데… "헉!!" 얼굴이 잿
빛이 된다. (음울한 화면 효과 CG)
SG화학 3주, 241,000원 → 239,500원 (-0.83% / -6,000원)

강산   이…이게 뭐야…?!

불광천 트랙. 급격히 떨어진 텐션. 시니컬한 얼굴로 터벅터벅 걷

는 강산.

할머니들이 즐겁게 산책하는 데 초 치는 강산.

강산   (콜록콜록) 어우 씨~ 빌어먹을 미세먼지!

꽃집 앞. 싱그러운 꽃들을 보며 막말하는 강산.

강산   …먹지도 못하는 거… 이딴 걸 누가 사…?

강산, 별안간 빈 꽃집 양동이를 걷어찬다.
주인 눈치 보며 경보로 걷다가 점차 뛰어서 도망치는 강산.

꽃집 주인   저 미친놈이! 뭐야~!!!

거리 일각. 풍선을 들고 걷는 아이. 풍선을 놓쳐서 날아가려 하
자, 잡아서 꽉 안아 터트리는 강산.

강산   BAAM~!!!!!!!! 끌끌끌…
아이   으아앙~~

강산, 악당처럼 웃으며 유유히 사라지는…

10. 공항버스 정류장 / 낮

부산 공항으로 가는 버스를 기다리며 서 있는 선우와 미서, 어색한 정적이 흐른다.
미서, 아무렇지 않은 척 핸드폰만 보는 데 자꾸 신경 쓰인다.
그때,

선우	미서 씨… 어젯밤은…
미서(E)	!!! 올 게 왔다…!! (태연한 척, 선우 말에 집중하는데)
선우	…실수였어요. 미안해요.
미서(E)	실…수?!!! 키스를 실수로 하는 사람도 있나?

미서, '실수'란 말에 뒤통수 맞은 기분.
열 받고 황당한데… 아무렇지 않은 척, 아예 기억이 안나는 척 과장해서 반응한다.

미서	(이제 기억났다는 듯) 아아~ 난 또 뭐라고. 키스 말하는 거구나? (손사래 치며 주절주절) 신경 쓰지 마요. 나 완전 까먹고 있었다. 어제 바로 잤어요. 너무 졸려 가지고…
선우	아…
미서	어? 버스 왔다! 타요~!

미서, 버스에 올라타려고 히는데,
선우, 미서를 잡는다.

선우	이 버스 아니에요…

개잡주에서 우량주의 향기가 난다

. 공항 전경 / 낮

이륙하고 착륙하는 비행기들.

11. 비행기 안 / 낮

눈 질끈 감고 자는 척하고 있는 미서.

미서(E)   아, 씨발… 쪽팔려… 연기하지 말걸…

미서, 실눈 뜨고 눈알만 굴려 옆자리에서 자고 있는 선우를 슬쩍 본다.

미서(E)   다 티 났겠지…? 아, 쪽팔려~~!!

12. 무당집 / 저녁

총천연색의 무시무시한 무속용 신물과 신상들. 컷컷.
긴장된 얼굴로 한복 입은 여자 무당 앞에 앉아 있는 강산.
눈매가 매서운 무당, 눈을 가늘게 뜨고 강산을 쳐다본다.

강산   너무 답답해서 왔습니다…
무당   (꿰뚫어 보듯) 주식…?
강산   (헉!!) 네…
무당   꼭 누가 쳐다보고 있는 것 같지?

강산	(놀라) 네…?
무당	네가 사면~ 떨어지고… 또, 귀신처럼 네가 팔면 오르지?
강산	(소름) 네! 맞아요!! 어떻게 아셨어요?!!
무당	(착잡) …나도 그래… 쳐 물렸어… 호랑이를 키워도 이것보단 덜 물리겠다. (이 꽉 깨물며) 빌어먹을 코스닥…
강산	그럼 이제 저는 어떡해요…?
무당	가만있어 봐. (방울 흔들다가 탁, 내려놓고) …우리 할머니가 존버하라 신다!!
강산	(격하게 끄덕이는) …존버!

#. 김포 공항 전경 / 저녁

13. 공항 대합실 / 저녁

김포 공항에 도착한 선우와 미서, 여전히 말도 없이 어색한 분위기로 걷고 있다.
그때, 선우 미서의 반대편에서 걸어오던 한 양복 입은 남자.
남자, 반대편의 선우를 보고 고개를 갸웃하더니… 더 가까워지자 선우를 알아본다.

남자(OFF)	최프로!

그 소리에 놀라는 선우, 고개를 들어 보면… 본부장이다!

본부장을 보고 급격하게 동공이 흔들리고 불안해하는 선우.

선우   …사람 잘못 보셨어요…

하고 그냥 지나가려는데,

본부장   오랜만이야 최프로. 그 일 있고… 처음이지?

본부장, 능청스럽게 선우에게 인사를 하는데,
선우는 화난 듯 아무 말 하지 않는다.
미서, 그런 선우와 본부장을 의아하게 쳐다보고…

본부장   이거, 나만 반가운 건가? 아직… 앙금이 남았나?
선우   …가요 미서 씨.
본부장   다시 돌아올 생각 없어? 자격 정지 3년이잖아. 지금쯤이면… (하
             는데)
선우(O.L)   (정색) 가요!

소리치는 선우, 먼저 저벅저벅 걸어가고.
얼른 뒤따라가는 미서.
미서, 처음 보는 선우의 모습에 놀랐고 당황스럽다.
방금 본부장과의 심상치 않은 대화가 신경 쓰이는 미서.

미서(E)   최프로…? 자격 정지…?? 뭐야 대체…

14. 족발집 / 밤

가게 마감한 시간. 찬모들도 다 퇴근하고 혼자 뒷정리를 마친
행자.
부엌에서 나오는데 우울한 얼굴의 강산이 서 있다.

행자   …강산 씨?

강산   베로니카… (주머니에서 뭔가 꺼내 내밀며) 이거…

행자   (보면 부적이다) 이게 뭐예요?

강산   가지고 있으면 SG화학 주가 오른대요…

행자   (한심하게 보며) …이거 얼마 주고 썼어요?

강산   3만 원이요. 보살 님도 개미셔서 싸게 주셨어요.

행자   (강산 등짝을 스매싱하며) 못 살아! 못 살아!

강산   악! 아! 아파요!

행자   이런 데 쓸 돈 있으면 주식 한 주 더 사겠다! 왜 그렇게 생각이
       짧아요?!!

강산   (시무룩) 죄송합니다… 이렇게라도 해야 마음이 진정될 것 같아
       서요… 주가 천 원 이천 원에… 일희일비하고 말았습니다.

행자   (답답) 주식 때문에 일상이 흔들리면 안 되는 거잖아요. 내 말 틀
       려요?

강산   …아뇨, 베로니카 말이 맞아요. SG화학 주식 산 돈이… 제게 너
       무 중요한 돈이라 그랬나 봐요. 엄마가 주신 돈이거든요…

행자	예…?
강산	그 돈… 엄마 돌아가시고 제 이름으로 들어온 조의금이자 제 전 재산이에요… (쓴웃음) 우습죠? 나이 사십에 전 재산이 이백만 원이란 게…
행자	아…
강산	위로하지 않아도 돼요… 전 괜찮…
행자(O.L)	(버럭) 위로는 무슨 얼어 죽을 위로!?
강산	(놀란) ??
행자	정신 차려요 강산 씨! 솔직히 창피한 줄 알아야 돼!
강산	…
행자	막말로… 사지 멀쩡하고 아직 젊은데, 왜 일을 안 해요? 일 안하고 주식 창만 쳐다보고 있으면 뭐 밥이 나와요 떡이 나와요? 시드 머니 안 벌 거예요?
강산	버…벌어야죠. 일자리… 구하고는 있는데… 잘 안되네요… 알바로 쓰긴 제 나이가 좀 부담스러운가 봐요…
행자	당연히 부담스럽지! 그래도 일단 한번 써 달라고 사장님 바짓가랑이라도 붙잡아 봤어요?
강산	(고개 절레절레) …
행자	강산 씨는 절박하지 않은 거예요. 그래서 하기 싫은 거예요! 내 말 틀려요?

강산, 머리를 한 대 얻어맞은 듯한 충격이다. 잠시 말을 잊지 못하는.

강산	아뇨, 맞아요… (일어나) 저 가볼게요. 새벽에 인력 시장이라도 나가 봐야겠어요. 쓴소리… 고마워요. 저한테 진심으로 그런 말 해주는 사람 없었거든요.

강산, 꾸벅 인사하고 돌아서 가는데… 축 처진 어깨가 조금 안쓰러운 행자.

행자	저기!!
강산	(돌아본다) ?
행자	…우리 가게에서 일하는 건… 어때요?
강산	(놀라) 정말요?!
행자	뭐… 홀 서빙 파트타임이긴 한데… (하는데)

강산, 행자를 와락 안는.

강산	정말 고마워요, 베로니카…! (행자 눈 바라보며) 저 진짜 절박한 마음으로 열심히 일할게요! 내일부터 나오면 되죠?
행자	(얼어서) 예…

15. 선우 집 선우 방 / 밤

방에 들어온 선우, 방문에 기대 힘없이 주저앉는다. 본부장이 한 말이 떠오르는…

<플래시백> #13.

본부장　　　아직… 앙금이 남았나? / 다시 돌아올 생각 없어?

<다시 현재>

선우　　　후…

앞머리 쓸어넘기는 선우, 가슴이 답답하고 괴롭다.

선술집 전경 / 밤

유나(OFF)　　깔깔깔깔깔~~~

16. 선술집 / 밤

유나, 자지러지게 웃고 있다. 너무 웃어서 눈물까지 찔끔 나고. 쌉쌀한 표정으로 술잔을 들이키는 미서.

유나　　　와~~ 미친. 왜 듣는 내가 더 쪽팔리지? …깔깔깔

미서　　　그래… 실컷 웃어라 웃어. 아… 너무 쪽팔려…

유나　　　와… 밤새 안 들어왔다고? 그건 좀 심했다. 아니, 그림 둘이 키스는 왜 한 거야?

미서　　　…아 몰라. 그냥… 그때 분위기가 그랬어.

유나　　　(웃는) 근데 너도 참… 진욱 씨랑 헤어진 지 얼마나 됐다고… 멋

지다. 헐리우든 줄~

미서　뭔 헐리우드야?! (점점 목소리 커지는) 아니 뭐 내가 결혼을 했냐 뭘 했냐! 조금 호감이 생겼고, 그날 분위기 좋아서 키스했고, 그 다음에!!!

옆자리 손님들, 미서의 쩌렁쩌렁한 목소리에 힐끔 쳐다보고.

미서　큼… 나라고 이렇게 될 줄 알았냐?

유나　그래그래~ (배우 박해준처럼) 사랑에 빠진 게 죄는 아니잖아~

미서　(이 꽉 깨물고) 사랑 아니라그…

유나　에이~ 좋아하면서… 그 남자도 뭐 키스까지 한 거 보면 너 좋아 하는 거 같은데…?

미서　…

유나　그래서 어떡할 건데? 편의점 알바랑 나중에 결혼이라도 할 거야?

미서　아니… 사람은 나쁘지 않은데 무슨 생각하는지도 잘 모르겠고. 미스터리 해… 아, 맞다. …'프로'라고 불리는 직업이 있나? 누가 그 남자를 최프로라고 불렀어.

유나　프로?? …골프 선수? (소주잔 들고 '짠' 하는)

미서　(잔 부딪히며 고개 갸웃) 아닌데…

술잔을 비우는 미서, 술이 쓰다.

#. 옥탑방 전경 / 낮

17. 옥탑방 / 낮

    화면에 '우량주 vs. 소외주' 떠 있다.

    예준이가 설명을 하고 있고, 모두 경청하고 있는데,

    미서는 오지 않은 선우의 빈자리만 신경 쓰이고 강의 내용이 귀에 들어오지 않는다.

    (CG) 각자의 원샷에 주식 수익률 표시

예준	좋은 주식이란 무엇일까요? 우량주는 무엇이고, 소외주는 무엇일까요?
강산	소외주는… 개잡주?!
행자	(질색하는) 애 듣는데 개잡주가 뭐예요. 쌍스럽게.
강산	(머쓱) 아, 죄송…
진배	우량주는 시총도 크고 미래가 밝은 주식!
행자	반도체 같은 거!
예준	음. 반만 맞았어요. 왜냐면 영원한 우량주도, 영원한 소외주도 없거든요. (클릭) 여기 보시면… 시총 기준으로 한국 회사의 연도별 순위인데…

    화면에 한국의 연도별(2000년, 2005년, 2010년, 2022년) 10대 시총 순위 표가 뜬다.

예준   시장의 주도주는 통신에서 철강, 조선, 그리고 자동차, 화학, 반
        도체까지 계속 바뀌어 왔죠. 미국은 더 심해요. (클릭)

        미국의 2000년, 2022년 10대 시총 순위를 비교한 표가 뜬다.

예준   2000년에 전 세계 시총 1위였던 G.E 같은 회사는 지금은 빅 테
        크 기업에 밀려 아예 순위권에서 사라졌죠.
일동   (놀란다. 끄덕이는) 아… / 진짜… / 그러네…
예준   영원한 우량주는 없습니다. 개잡주라고 생각했는데 사실은 진
        흙 속에 숨겨진 우량주였을 수도 있죠.
미서   (중얼) 개잡준데… 우량주?
예준   시장의 메가트랜드는 계속 바뀌니까요. 이번 주는 다음 메가트
        랜드 업종은 뭘까, 생각해 보는 시간을 가질게요.

18. 족발집 / 저녁
        테이블에 족발 서빙하는 강산, 싹싹하고 넉살 좋다.

강산   불족발 나왔습니다~ 대자 같은 중자로 드렸어요~
손님1   와, 진짜요? 감사합니다~
강산   (새우젓 놓으며) 저희 집 새우젓 진짜 맛있거든요. 꼭 드셔 보세요~

        강산의 친절한 서비스에 손님들도 싱글벙글하다.
        신바람 나게 일하는 강산을 물끄러미 보는 행자, 문득 예준의 말

이 떠오른다.

예준(E)	개잡주라고 생각했는데 사실은 진흙 속에 숨겨진 우량주였을 수도 있죠.
행자(E)	(흐뭇한 미소) 그래… 강산 씨도 숨겨진 우량주였을 수…

'우당탕탕!!' 말 끝나기가 무섭게 다른 테이블에 들고 가던 쟁반을 바닥에 엎은 강산.
바닥은 족발과 밑반찬으로 엉망이 되어 있고, 강산 엎어져 있다.

행자	(짜증나지만 참으며) 괜찮아요? 강산 씨?
강산	아! 죄송해요… 다 쏟았네. 갑자기 다리에 힘이 풀려서…
행자	여긴 내가 치울 테니까, 주방 가서 설거지해요. 설거지.
강산	네… (일어서는데)
행자	용선 언니! (3번 테이블 가리키며) 3번에 일단 막국수랑 사이다 서비스 먼저 나가고!
용선	예!
행자	진주야! (반대편 12번 테이블 가리키며) 12번에 새우젓하고 소스, 깻잎 리필해 드리고! 미니 족발 아직 안 나갔다?!
진주	네! 알겠습니다!

주방으로 들어가다 말고 홀을 진두지휘하는 행자의 멋진 모습에 감탄하는 강산.

강산   우와… 베로니카 멋지다…

            CUT TO

            행자, 바닥에 떨어진 반찬과 족발들 깨끗이 다 치워 가는데 주방
            에서 '와장창!' 소리가 난다.

19. 족발집 주방 / 저녁

            행자, 급하게 달려와 주방을 들여다보는데.
            강산, 접시와 그릇 여러 개를 깨 먹고 당황하고 있다.

강산   아… 죄송해요. 손이 미끄러져서…
행자   (답답) 여긴 내가 정리할 테니까, 나가서 카운터 봐요. 계산해.
            계산.
강산   네… (손 보며) 아! 피! 비었어요!
행자   (한심. 깊은 한숨) …

20. 족발집 계산대 / 저녁

            계산대 앞에 손님2 서 있다.

강산   (친절한 미소) 식사는 맛있게 드셨어요?
손님2   네~

강산	(화면 보며) 족발 대자에 소주 하나 사이다 한 병. 사만 오천오백 원입니다.

손님2, 강산에게 5만 원짜리 한 장 건네고 나서 멈칫. 주머니를 뒤진다.

손님2	아, 동전 있다. 오백 원 드릴게요. (5백 원 동전 1개 더 내는)
강산	(동전 받고 어리둥절) 예? …오만 원 받았는데.
손님2	(??) 예. 그니까 오천 원 주세요.
강산	(혼란) 네?! 오…오천 원이요?
손님2	(답답) 아니… 사만 오천오백 원 나왔으니까 제가 오만 원에 오백 원 더 드렸잖아요. 그러니까 오천 원 거슬러 달라고요.
강산	(대혼란) 네?!!

강산, '이게 대관절 무슨 말이지?' 검은 눈동자가 사각형으로 변하는 강산. (CG)
갑자기 강산 주변이 까만 우주로 변한다.
광활한 우주 안에 홀로 갇힌 강산. 강산 주변에 오만 원권 신사임당, 오천 원권 율곡 이이, 오백 원의 학이 떠올라서 빙글빙글 돌고 있다. 계산 안 돼 혼란에 빠진 강산인데…

손님2	아, (주머니에서 상품권 꺼내며) 만 원은 온누리 상품권으로 할게요.
강산	(더 패닉) 예에~?!!

다시 시작된 강산의 까만 우주 세상.
이번엔 온누리 상품권까지 추가돼 강산 주변을 빙글빙글 돌아
댄다.

손님2   그리고 현금 영수증도 해주시고요.

강산   (숨이 턱 막힌다) 컥!!…

멀리서 한심하게 지켜보던 행자, 성큼성큼 다가와서 강산이 들
고 있는 5만 원 지폐와 동전 뺏어 계산을 시작한다.
'탁탁탁!' '챙!' 빠른 손놀림으로 계산대 열어 돈 넣고 만 오천 원
거스름돈 꺼내 주는 행자.

행자   현금 영수증은 번호 눌러 주세요. 주차하셨어요?

CUT TO 족발집 앞

손님2의 차 앞 유리에 거의 매달려 입김 '하아~' 불며 걸레로
닦고 있는 강산.

강산   (해맑게) 또 오세요~!!

그런 강산의 모습을 분노에 차서 지켜보는 행자, 자기도 모르게
주먹을 꽉 쥔다.

행자   저 개잡주 새끼… 우량주는 무슨…

#. 미서 집 전경 / 밤

21. 미서 집 / 밤

          침대에 누워 MTS로 미국 주식 확인하고 있는 미서.
          그때, 초인종이 울리고 ⒠ "이 시간에 누가?" 갸웃하며 일어선다.
          문을 열자, 술에 잔뜩 취한 진욱이 서 있다.

미서   (놀라) 오빠!
진욱   (혀 꼬인) 미서야…

          다짜고짜 문을 열고 안으로 들어서는 진욱, 비틀거린다.
          진욱을 부축해 침대에 앉히는 미서.
          몸을 가누지 못하고 침대에 드러눕는 진욱.

미서   얼마나 마신 거야…
진욱   (눈 감고 술주정) 쪼금… 마셨어… (피식) 우리 미서 나 술 마시는 거

          싫어했는데… 미안. 오늘만 봐줘…
미서   (한숨)… 정신 좀 차려 봐.
진욱   … 미서야… 보고 싶었어.
미서   !!!

진욱   … 진짜… 보고 싶었어.

미서   …

진욱   나 너 없이는… 못 살겠어…

진욱, 미서의 손을 잡더니 아련하게 쳐다본다.

진욱   미서야… 나 안 보고 싶었어?

미서   …

진욱, 그대로 정신 잃고 잠들어 버린다.
미서, 진욱이 잡은 손을 풀고… 술 취한 진욱을 바라보다 이불을
덮어 준다.

<시간 경과>

다음 날 아침. 일찍 일어나 해장국 끓이고 있는 미서.
그때, 침대에서 부스스 일어나는 진욱, 머리가 깨질 것 같다.

미서   일어났어?

진욱   (내가 왜 여기에?) 어…

미서   (국 끓이다가 뭔가를 찾는) 어디다 뒀더라…

진욱   (얼른 다가오는) 뭐 찾아?

미서   어?… 키친타월.

진욱, 익숙하게 찬장에서 키친타월을 꺼내서 건네준다.

| 진욱 | 내가 수저 놓을게. |

진욱, 이번에도 익숙하게 수저 꺼내서 테이블에 놓는다.
미서, 왠지 둘이 같이 살던 때로 돌아간 것 같아서 마음이 심란하다.

CUT TO

테이블에서 같이 밥 먹는 미서와 진욱.

| 진욱 | (국 한 입 먹는) …국 맛있다. 오랜만이네. 이렇게 같이 밥 먹는 거. |

진욱, 한숟 뜨다가 미서의 손가락에 커플링이 없는 것을 발견한다.

진욱	…반지 뺐네?
미서	…응, 뺐어.
진욱	(착잡한) 그래.
미서	어제는 어떻게 된 거야?
진욱	미안… 어쩌다보니 너무 많이 마셔서… 저기… 예식장… 취소했어?
미서	…할 거야.
진욱	…미서야… (잠시 생각하다) 다시 시작하자. 우리.
미서	뭐?

진욱	…생각해 봤는데… 내가 많이 부족했던 것 같아. 널 더 이해하려고 했어야 했는데… 그래… 결혼식은… 미루자. 좀 더 준비가 됐을 때… 그때 하자.
미서	(어이없다) 오빠는 뭐가 다 이렇게 자기 맘대로야?
진욱	…나 너 없이는 못 살겠어, 미서야.
미서	(말문이 막힌다)
진욱	처음엔 많이 화났었는데… 시간이 지나니까… 너무 보고 싶고… 자꾸 후회되고… 나 좀 봐주면 안 돼?
미서	(시선 피하며) 빨리 먹고 가. 오빠 출근해야 되잖아.

#. 증권사 전경 / 낮

사회자(E)	마지막으로 기념사진 촬영이 있겠습니다.

22. 증권사 소강당 / 낮

'제18회 성투증권 U-20 모의 투자 대회 시상식' 현수막이 걸려 있고 일곱 여덟 명의 고등학생 가운데 꼬마 예준이가 당당히 수익률 1위 대상 패널을 들고 웃고 있다.
'찰칵!' 기념사진 찍는, 그 모습을 진배가 흐뭇하게 바라보며 박수 친다.

예준	(진배에게 손 흔들며) 할아버지!

진배	(엄지 치커세우며) 이야… 예준이 아주 나이스~! 고등학생 형님 누나들 사이에서 1등이라니… 우리 주린이 스터디 회장님, 이름값 하네!
사장(OFF)	…예준 군?

진배와 예준 뒤돌아보면, 증권사 사장이 인자한 미소로 웃고 있다.

사장	(예준이 머리 쓰다듬으며) 1등이 이렇게 조그만 꼬마인 줄 몰랐네.
예준	(시크하게) 저 꼬마 아닌데요.
사장	허허… 꼬마 아니구나~ 미안~ (진배 보며) 괜찮으시면 두 분을 사장실로 잠깐 모셔도 될까요? 드릴 게 있어서…
진배/예준	(어리둥절한) 저희요?
사장(E)	짠~~!!!

23. 증권사 사장실 / 낮

싱글벙글 웃으며 곰 인형을 예준에게 내미는 사장.

예준	(실망) 와아… 곰돌이네요…
사장	(곰돌이 목소리로 연기) 반갑다, 예준아~ 내 이름은 곰자야~ 너 주식 정말 잘한다며?
예준	(맞춰 주는) 어… 잘하는 편이지. 칭찬 고마워. 곰자야. (꾸벅. 곰돌이

받으며) 감사합니다…

예준, 심드렁한 얼굴로 대충 곰돌이 발 잡고 벽에 걸린 역대 모의 투자 기념사진 보러 간다.
제1회부터 쭉 차례대로 살펴보는 예준.
사장, 테이블에 앉는다.

사장   하하… 원래 모의 투자 대회 1등에겐 저희 리서치센터 인턴 기회를 주는데 예준이는 아직 어리니까요. 섭섭할까 봐 곰 인형을 준비해 봤습니다.
진배   아, 네… 신경 써 주셔서 감사합니다. (차 마시는)

그때, 사진을 보다 뭔가를 발견한 듯 "어!" 소리치는 예준.

예준   (다급) 할아버지! 이리 와 보세요. 여기…!

진배, 다가가서 사진을 보는데… 심각해지는 표정.

진배   (혁!) 이…이건!!!
예준   맞죠?
진배   (끄덕) 응!

24. 미서 집 / 낮

'띵똥⒠' 초인종 울리고.

미서, 현관문을 열어 보니 작은 택배 상자가 놓여 있다.

CUT TO

상자를 열어 보는 미서, 안에는 손잡이에 핑크색, 하늘색 리본이
각각 매진 호미 2개와 호미 장인의 쪽지가 들어 있다.

사람 좋게 웃는 장인의 얼굴에 오버랩되는 장인의 목소리.

장인⒠ 두 분 덕분에 당분간 원자재 걱정은 덜었습니다. 얼라 낳고 셋이
        서 한번 공장에 와 주이소. 맛있는 저녁 대접해 드리겠습니다!

미서   (쪽지 보며 혼잣말) 셋이서… 하하… 저희 부부는 헤어졌습니다…
        제가 차였거든요…

그때, 핸드폰이 '띠링' 울리고.

보면, 예준의 카톡이다.

<인서트>

'비상소집!! 잠시 후 임시 스터디 모임 있습니다! 모두 꼭! 참석
해 주세요!'

미서   비상…소집?

미서, '뭐지?' 갸웃하며 선우에게 줄 호미 하나를 챙겨 가방에 넣

고 일어선다.

옥탑방 전경 / 낮

일동(E)   모의 투자 대회?!!

25. 옥탑방 / 낮

예준 진배의 말을 듣고 놀란 멤버들(행자, 강산, 미서).

예준   네. 저랑 할아버지랑 모의 투자 대회 시상식에 갔다가!
진배   사장실에서 아주 쇼킹한 걸 발견했습니다!

26. 증권사 사장실 (회상) / 낮

(#23 연결) 진배와 예준이 보고 놀란 사진은 바로,
20살의 선우가 1등 패널을 들고 찍은 제4회 실전 투자 대회 시
상식 기념사진이다.

예준(E)   사진 속에는 아주 낯익은 얼굴이 있었어요.
사장   (다가오며) 아~ 이 친구!
진배   이 사람을… 아세요?
사장   그럼요. 워낙에 실력이 좋은 친구라. 아직도 그 친구가 세운 수
          익률 기록이 안 깨졌어요. 실전 투자 대회의 전설적인 존재죠.

진배/예준	(놀라는) !!!
사장	대학생 때 이미… 몇 십억 수익을 냈다던데…
예준	그…그 사람 이름이 혹시…?
사장	…뭐였더라? 아, 최선우! 최선우란 친구예요.

27. 옥탑방 / 낮

다들 선우의 과거를 듣고 어안이 벙벙하다.

미서	(믿겨지지 않는) …진짜요? 선우 씨 주식 계좌도 없댔는데…
행자	그러니까… 선우 씨가 왕년에 주식 천재였다는 거예요?
진배	(끄덕끄덕) 들어 봐요. 더 놀라운 건 그 다음에 들은 얘기예요.

그 말에 모두 집중한다.

28. 정신과 진료실 / 낮

선우, 의사에게 상담 치료를 받고 있다.
공감의 표정으로 경청하는 의사.

의사	(끄덕) …그러셨구나. 증상을 보고 대충 짐작은 했는데 역시 증권 쪽에서 일을 하셨군요.
선우	네…
의사	정확히 어떤 일을 하셨던 거죠?

선우	대학 졸업하고 바로 자산 운용사에 스카우트 돼서 펀드 매니저 일을 했었어요…
의사	일은요? 만족했나요?
선우	워낙 큰돈을 운용하는 거라 자부심도 느꼈지만… 저는 좀 더 공격적으로 투자하는 세계에 도전해 보고 싶었습니다…
의사	음~ 그래서요?
선우	그래서 이직을 하게 됐습니다. 증권사의…

　　　　　　\<인서트\>

　　　　　수트 차림의 선우, 증권사 본사 앞에 서서 위를 올려다보는 위풍당당한 모습.

일동(E)	프랍 트레이더?!!!!

29. 옥탑방 / 낮

　　　　　모두 놀라 벙찐 표정.

진배	믿기지 않지만 그랬다네요.
행자	근데… 그게 뭐예요? 프라…? 프랍트?
예준	(화들짝) 뭔지도 모르고 놀라신 거예요?
강산	그러게. 그게 뭐예요? 대단한 거예요?
예준	제가 알기로 프랍 트레이더는 증권사의 돈을 운용해 수익을 내고 그 일부를 성과금으로 가져가는… 소수의 주식 고수들만 하

는 직업이라던데… 더 자세히는 저도…

미서   (깨달았다, 혼잣말) 아…!

<플래시백>

7부 13씬 (비행기 안)

영주농기구주식회사 주총 참석장을 보는 미서.

미서   …100주? 100주나 샀어요?

선우   …100만 원도 안 들었어요.

미서(E)   100주에 백만 원… 뭔가 이상해서 평균 단가를 찾아보니 7년
            전 평단이었어…

7부 25씬 (호미 회사)

미서   아니 근데… 아무리 철강 덕후라 해도 어떻게 철강 회사 사람까
            지 알아요? 포스커 강 차장님?

선우   …그냥 예전에 일할 때 알던 사람이에요.

미서(E)   편의점 알바생이 알만한 인맥도 아니었고.

6부 4씬 (옥탑방)

선우   추가 상승 여력이 있다고 봐요. / 스마트폰 침투율이 10%를 넘
            고 본격적으로 주가가 크게 올랐거든요.

미서(E)   그러고 보니 평소 말투도 주식 처음 하는 사람 같지 않았어…
            역시… 그래서!

<다시 현재>

미서, 모든 것을 깨닫고 놀란 표정.
회원들은 계속 선우에 대해 대화 중이다.

진배	뭐랄까… 대단히 화려한 직업 같습니다.
일동	(아리송하다) …화려…
강산	어쩐지… 이제 알겠다…!
일동	뭘요? / 뭐가요?
강산	제가 우연히 선우 씨 계좌를 봤는데… 거기… 20억이 있었어요!
일동	(헉‼) 20억…?!!!
진배	맞아! 증권사 사장도 그런 얘길 했어요. 20대에 큰돈을 벌었다고.
미서	(놀라) 말도 안 돼요… 선우 씨가요…?
진배	(뭔지 알겠다) 아~ 그거네 그거! 영화 '더 울프 오브 월스트릿'‼ 거기 나오는 리어날도 디캐프리오.
일동	(여전히 아리송한) 음~?!!

여전히 혼자 심각한 미서의 표정.

30. 증권사 본사 앞 / 낮 (상상)

섹시한 스포츠카 한 대가 멈추고.
천천히 문이 열리면 정장 위에 이상민처럼 풍성한 모피 숄을 두른 선우, 차에서 내린다.

그때, 가드 한 명(강산)이 급히 달려와서 돌돌 말린 레드 카펫을 깐다.

선우   (씨익 웃는) 오늘도 싹싹 발라먹어 볼까? (목을 잡고 우두둑…) (건물을 올려다보며 선글라스 벗고) 선수 입장!

레드 카펫을 거만하게 걸어가는 선우.

31. 딜링룸 / 낮 (상상)

전자시계 9시 정각이 되고…
8개의 모니터. 주식 창을 보며 매수, 매수, 매도, 매도 손이 보이지 않을 정도로 빠르고 현란하게 키보드를 두드리며 주문을 넣는 선우.

선우   휴먼트론 46만 주 매수! BH신소재 100만 주 매수!

각 트레이더들의 수익률을 보여 주는 전광판에 선우의 수익률이 '띠링띠링' 계속 올라간다.
카지노처럼 화려하고 불빛이 번쩍번쩍한 요란스러운 전광판.
<순위:1 / 이름: 최선우 / 총 거래금: 200억 원 / 손익: 13억>
직원들 그 모습에 모두 놀라서 미어캣처럼 일어나 보다가… 일제히 선우를 쳐다본다.
"미쳤어, 최프랍…", "대박…! 역시 최선우!!"

아랑곳 않고 주문을 넣는 선우의 마지막 클릭! 당일 손익 15억 3천만 원이 됐다.

"예스!!" 환호하며 종이 더미를 공중으로 날리는 선우. 박수 치는 직원들.

그때, 고적대가 금관 악기를 연주하며 줄지어 들어온다.

고적대 끝에 열린 007 돈 가방을 들고 들어오는 본부장.

본부장, 환하게 웃으며 선우에게 돈 가방을 건넨다.

본부장   수고했어. 최프로! 여기 성과금!

선우, 돈 가방에서 현금 다발을 꺼내서 공중에 뿌린다.

사람들, 돈을 주우려고 난장판이 되고,

선우, 그 중앙에서 의기양양 웃는다.

선우   하하하하!!! 내가 바로 여의도의 울프야!!!! (포효) 아우~!!!!

미서(E)   미친놈…! 자본주의의 개!!

32. 옥탑방 / 낮

킹산   와… 멋있다.

진배   근데 사실… 나도 와이프한테 하나 들은 게 있는데… 이걸 말해도 될지…

일동   뭔데요? / 뭐예요!

진배	(머뭇거리다) 선우 씨가 글쎄… 전과가 있대요.
일동	(혁!!! 놀라는)

33. 딜링룸 / 낮 (상상)

신분증을 보여 주며 딜링룸에 들이닥치는 금융감독원 직원들.
(금감원1은 행자다)

금감원1	자자! 컴퓨터에서 손 떼세요! 핸드폰 다 제출하시구요! 비밀번호 써서.
선우	(비릿하게 웃으며) 영장 받아왔어요? 함부로 건드리면 좋을 거 없을 텐데…
금감원1	(팽팽히 노려보는) 할 말이 많으신가 본데, 가서 얘기하시죠?
선우	(여유롭게 양손 드는 제스처) 금감원이 감당할 수 있겠어요?

그때, 들어오는 금감원2, 금감원1에게 귓속말로 뭔가 얘기한다.
듣자마자 인상이 일그러지는 금감원1. "제길!!" 분노한다.

선우	(그 모습에 이죽거리는) 왜요? 증거가 없대요?

금감원1, 분하지만 할 수 없이 돌아서다가… 다시 돌아 선우 눈을 똑바로 보며,

금감원1	기다려… 넌 내 손으로 꼭 쳐 넣을 거니까. 최.선.우.

금감원1을 보며 비열하게 웃는 선우.

34. 옥탑방 / 낮

놀란 채로, 선우를 범죄자로 오해하기 시작하는 일동.

강산   뭐야? 그럼 그 20억이 더러운 돈이었어…?!
행자   맞네 맞네! 전과가 있으니까 어디 취직도 못했나 보다!
미서   (충격적인 표정) 전과…

35. 증권사 선우 개인실 / 낮 (상상)

'씨익' 웃더니 지폐 뭉치를 좌악 펼쳐서 돈 냄새 맡는 선우.
마치 마약하듯이 돈 냄새를 맡으며 황홀한 표정을 짓는다.
그때, 누추한 차림의 소액 주주 할아버지(진배)가 문을 벌컥 열고
들어와 선우의 멱살을 잡는다.

할아버지   이 나쁜 새끼! 네 놈 때문에 주가가 폭락했어!!
선우   하… (짜증) 폭락할만한 기업이니까 폭락한 겁니다. 영감님.
할아버지   (선우 때리며) 뭐?! 이 개자식이!!

선우, 짜증나는 얼굴로 잠시 맞다가 이내 무자비하게 할아버지
를 밀쳐 버린다.
"으억!" 힘없이 바닥에 나뒹구는 할아버지.

가드들, 뒤늦게 들어오고.

선우, 더럽다는 듯 옷을 '툭툭' 털고… 돈 뭉치 하나를 할아버지에게 툭 던진다.

선우   (가드에게) 치워. (하고 유유히 나간다)

진배(E)   이 쌍놈의 새끼!

36. 옥탑방 / 낮

선우가 범죄자라는 생각에 더 심각해진 일동.

진배는 마치 자기 일인 것처럼 화를 낸다.

진배   천벌 받을 놈! 으으!!

강산   그 할아버진 누구죠?

진배   누구겠어! 작전 때문에 피해를 입은 선량한 소액 주주지!

행자   선우 씨 진짜 무서운 사람이었네…

사색이 되어 자리에서 벌떡 일어난 미서.

일동 모두 미서를 주목하고.

미서   전 먼저 가 볼게요!! 담에 봬요!

말 끝나기 무섭게 옥탑방을 뛰쳐나가는 미서.

모두 고개를 갸우뚱한다.

37. 정신과 / 낮

폭주하는 스터디 멤버들의 상상과 달리 차분하게 상담을 이어 가는 선우.

의사 　프랍 트레이더 시절 얘기를 좀 더 해 볼까요? 일은 재밌었나요?

선우 　처음에는 재밌었어요. 의욕이 넘쳤죠…

잠시 멈칫하는 선우.

선우 　…작전에 연루되기 전까지는…

의사 　작전…이요?

그때, 상담 시간의 끝을 알리는 ⒠ 알람이 울린다.
선우는 그날의 기억이 떠올랐는지 낯빛이 창백하다.

의사 　벌써 시간이 이렇게 됐네. 아쉽네요. 궁금하지만 작전 그 후의 이야기는 다음에 들려주세요.

선우 　네… 수고하셨습니다.

선우, 목례하고 진료실 밖으로 나간다.

38. 길거리 일각 / 저녁

화난 얼굴로 성큼성큼 걸어가는 미서.

머릿속에는 타락한 선우의 모습이 그려진다.

<인서트>

디카프리오처럼 포마드 바른 머리에 투 버튼 정장을 입은 부티 나는 선우,

양쪽에 글래머러스한 백인 미녀들을 끼고 시시덕거리다가 카메라와 시선 마주치자, 샴페인 잔을 들어 건배를 제의한다.

"치얼스!"

미서   치얼스 좋아하시네!! 이 사기꾼!

갑자기 뛰어가기 시작하는 미서.

39. 선우 집 앞 / 저녁

미서, 선우 집 벨을 누르는데 조용하다.

이내 문을 두드리며 "선우 씨! 선우 씨!!" 불러 보지만 조용하다.

그때, 정신과에 다녀온 선우가 엘리베이터에서 내린다.

선우   ···미서 씨?

미서   (선우 보고) !!

선우   무슨 일이에요?

미서   (성큼성큼 다가오는) 선우 씨한테 확인하고 싶은 게 있어서요.

선우   (긴장) ···

미서	선우 씨. 프랍 트레이더…였어요?

생각지도 못한 말에 놀란 선우.
하지만 숨기지 않고 대답한다.

선우	…네.
미서	주식… 엄청 잘하는 사람이었겠네요?
선우	…네.
미서	전과가 있다는 것도 사실이에요?
선우	…네.
미서	(쓸쓸하게 웃는) 그동안 나한테 다 거짓말했던 거네요?
선우	…네. 미안해요.

미서, 실망한 표정으로 선우를 보다가… 아무 말 없이 뒤돌아
선다.
순순히 돌아가는 줄 알았던 미서, 갑자기 가방에서 호미 꺼내서
선우를 내려치려는데.
선우, 호미 든 미서의 손목을 탁 붙잡는다.

선우	미서 씨 때문이었어요!
미서	!!!!!
선우	주식 다시 하고 싶어진 건. 미서 씨 때문이었다고요!!

선우와 미서, 서로를 쳐다보는 둘…

미서, 손에 쥐고 있던 호미를 그만 놓쳐 버리는 데서…

<8부 끝>

주식 성공투자의 지름길
상한가로 슈가

EPILOGUE

8

왓츠 인 마이 백

#주식 일기장 '매매일지'

옥탑방에서 커피 마시며 모니터 화면을 보고 있는 강산,
방송이 시작하길 기다리고 있다.

강산   오늘은 무슨 이야기를 해 주려나~

슉가, 개인 방송 화면이 보이는 방구석 한편에서.

슉가   여러분 안녕하세요. 구독자가 점점 늘고 있네요.

댓글 '벌써 구독자 100명이라니', '이러다 곧 백만 될 듯', '나만
알고 싶은 슉가…'

슉가   아~ 좋습니다! 구독자 100만 명 될 때까지 슉슉! 열심히 달려 보
겠습니다. 오늘은 구독자 100명 달성 기념으로 여러분이 원하
는 걸 같이 하는 시간을 가져 보도록 하겠습니다. 어떤 걸 원하
십니까?

강산   SG화학이 얼마나 갈까, 언제 팔까? 또 뭘 살까~? 주식 상담~!!

댓글 '눕방', '첫사랑 썰 풀어 주세요', '무엇이든 물어보주', '슉가
형 왓츠인 마이 백 해 줘ㅋㅋㅋㅋ'

| 슈가 | What's in my bag!! 제 가방이 궁금하시다고요? 가능합니다! 그 것처럼 쉬운 게 없겠죠? 아이고, 좋습니다. |

테이블 아래에서 주섬주섬 가방 꺼낸다.
- 가방 안 물품: 헬스장 카드, 폰 (증권 앱) + 패드 (게임 및 게임 영상 시청), 비니, 경제 신문 혹은 워렌 책, 매매일지 프린트된 종이 묶음.
가방 안에서 물건 하나씩 꺼내며 설명해 준다.

| 슈가 | 어디 보자~ 제일 먼저 보여 드릴 건 이런 게 있습니다. 헬스장 카드입니다~ 쇠질 좀 한 사람입니다. 뭐… 그렇게 안 보이지 만… 핸드폰이 있고요 이런 패드가 있죠. 여러분은 요즘 주식 매 매하실 때 주로 스마트폰이나 패드를 많이 사용하시죠? 이렇게 된 게 사실은 얼마 안 된 일입니다. |

그러면 그전에는 어떻게 했냐! 전화로 주문했어요. 전화해서 직원 이 받으면 '제 계좌에서 뭐 몇 주 사 주세요.'라고 얘기했던 시대가 불과 얼마 전입니다. 지금은 그때에 비해서 편하게 거래하시죠? 근데 이게 좋은 걸까요? 사실은 이렇게 스마트폰, 컴퓨터, 패드 로 거래하게 된 게 굉장히 안 좋은 영향도 미쳤습니다! 왜냐? 그 렇게 되니까 주식 거래를 팔고 싶으면 바로 팔고 사고 싶으면 바로 사고 견디지 못 하고 사고팔고. 이런 단기 거래가 굉장히 많이 생겼죠. 안타깝습니다.
그러면 조금 전문적인 내용으로 얘기해 보겠습니다. 주식 거래 프로그램을 여러분은 뭐라고 부르는지 아십니까?

(CG) 'HTS' 'MTS' 설명 발생

> **주식 거래 프로그램**
>
> - HTS(Home Trading System):
>   집이나 사무실에서 금융 투자 거래를 할 수 있게
>   하는 프로그램
> - MTS(Mobile Trading System):
>   스마트폰에서 금융 거래를 할 수 있는
>   프로그램/애플리케이션

숙가   많이 들어보셨겠지만 HTS라고 그럽니다. Home Trading System. 집이나 사무실에 있는 개인 컴퓨터를 통해서 거래하는 시스템을 얘기하고요. 스마트폰, 핸드폰에 있는 건 뭐냐? HTS가 아니냐? 이것은 Mobile Trading System, MTS라고 부릅니다. 사실은 둘을 약간 혼용해서 사용하기도 하죠. 이렇게 장점과 단점을 가지고 있지만 굉장히 편하게 거래할 수 있는 새로운 시스템, IT 기술의 혁신이 가져온 결과라고 할 수 있습니다.

그리고 안에 또 뭐가 있는지 살펴보겠습니다. 비니가 있습니다. 어울리진 않지만~ 그리고 안에 보면 책도 있죠. 독서하는 사람입니다~ 그리고 또 보면 가장 중요한 게 있네요.

이게 뭔지 아십니까? 저와 함께 스터디하는 우리 회원님들이 매매 내역을 뽑아서 스스로 매매일지를 만든 겁니다. 방송 보시는 분 중에 혹시 매매일지 쓰시는 분 계십니까? 있으면… 손!

강산, 영상 시청하다가 채팅 창에 질문을 적는다.

강산	⒠ 매매일지 왜 쓰는 건가요?
숙가	내가 만약 주식 거래를 너무 많이 하거나, 자꾸 이상하게 사고 팔고를 반복한다 생각한다면 매매일지 써 보기를 추천합니다. 왜냐하면 매매일지를 써 보면 내가 도대체 뭔 짓을 했는지 그때서야 알 수 있는 경우가 상당히 많이 있거든요. 요즘 좋아하는 골프를 치러 한번 나가면 '아니 쟤는 폼이 왜 이래?' 이렇게 생각하는 분들이 계십니다. 근데 자신은 몰라요. 그러면 보통 우리가 사진이나 영상을 찍어 주죠. 자기가 치는 걸 보면 '아니 내가 저렇게 엉망으로 쳤단 말이야?'라고 그때서야 아는 분들이 계십니다. 내 주식하는 버릇이나, 습관, 주식하는 폼이 잘못됐다고 생각하는 분들은 매매일지를 써서 내 폼을 보세요. '아 이러면 안 되겠구나.'라는 반성을 할 수 있습니다.

(CG) '매매일지 예시' 발생

> **매매일지 작성 방법**
> - 매수 매도 이유를 꼭 적는 것을 추천
> - 종목, 일자, 실현손익, 수익률 등 각자 알맞은 형식
>   으로 작성하기

숙가	매매일지 기록 방법은 자유롭습니다. 자유롭게 여러분이 원하는 대로 쓰면 되는데 제가 추천하는 방법은 다른 거는 모르겠는데 뒤에 사고팔 때 이유를 적어 주면 나중에 상당히 도움이 됩니다. 내가 이걸 살 때 왜 샀는지, 팔 때 왜 팔았는지 적어 두면

나중에 보면서 반성을 많이 합니다. 그래서 이유를 꼭 적어 두는 걸 추천 드립니다. 그 외에는 편하게 수첩에 적을 수도 있고, 핸드폰에 적을 수도 있고, 여러분이 편한 대로 적어 주면 되겠습니다.

댓글 '숙가 형님도 매매일지 작성하시나요?'

숙가 　숙가 형님 매매일지 형도 작성하시나요? 제가 이게 직업이었을 때… 전 직장에서 트레이닝 팀이나 펀드 매니저를 했기 때문에 직장 생활할 때는 당연히 아침마다 매일 썼습니다. 매일 쓰는 게 문제가 아니라 남이 써서 가져다 줘요.

강산, 노트를 꺼내 주섬주섬 매매일지 적어 본다.

강산 　한번 써 볼까?

매수 이유에서 선뜻 적지 못하는 강산.

(CG) 강산의 주식 거래 일지 / 강산 말 맞춰 발생

주식 거래 일지

SG화학 241,000 2주 추가 매수
이유: 주주 총회 다녀왔는데, 회사가 좋고…
우리에게 선물을 줬고.

| 강산 | 이유… (고민하며) 회사가 좋았고… 선물도 줬고… 어렵네… |

숙가, 방송 이어 간다.

| 숙가 | 제가 초반에 이 헬스장 카드를 보여 드렸습니다. 저는 운동하는 거 상당히 좋아한다고 했는데요. 투자도 운동과 굉장히 비슷합니다. 마치 근육을 키우고 내가 몸을 점점 키워 나가듯이 여러분 투자도 똑같이 투자 체력을 키워 나가는 단계를 꼭 하나하나 밟아 나가는 걸 추천 드립니다. 매매일지를 쓴다면 여러분이 매일 매일 쓰면서 '내 마음의 투자 근육을 키워 나간다.' 이렇게 생각하면 될 것 같습니다.

여러분도 할 수 있습니다. 누구나 처음부터 100kg을 들었던 건 아니죠. 10kg부터 시작했습니다. 여러분들 모두를 응원하면서 그럼 저는 여기서 숙~ 가보겠습니다. 안녕~ |
| 강산 | 어렵네… 그래도 열심히 해 봐야지! |

방송 종료되는 화면 효과.

9부

파란 나라를 보았니?

1. 선우 집 거실 / 밤

소파에 앉은 심각한 표정의 두 사람.

거실 한 편에 호미가 놓여 있다.

미서   나 때문에 주식 다시 하고 싶어졌단 게 무슨 말이에요? 그냥 하면 되잖아요. 주식 잘하니까…

선우   …미서 씨도 눈치챘는지 모르겠지만 저… 주식 창을 못 봐요.

미서   !!! 그게 무슨…

선우   그래서 주식 거래를 못 해요. 주식 창만 보면 순간적으로 눈앞이 캄캄해져요…

미서   !!!!

<플래시백> 2부 #32.

선우가 주식 창 보고 쓰러진 장면.

미서   그럼 그때… 쓰러져서 병원 간 게?

선우	…네.
미서	…그럼 리딩방 갔던 날도? 왜요…? 병원에선 뭐래요?
선우	트라우마래요. 주식에 대한…
미서	트라우마…?
선우	그래서 스터디에 가고 싶었어요. 주식 얘기를 가까이서 듣다 보면 혹시나 다시 할 수 있게 되진 않을까… 하는 희망을 가지고.
미서	…
선우	그리고 그 결심을 하게 해 준 건 미서 씨에요. 난 주식 때문에 늘 뒷걸음질쳤는데 미서 씨는 달라 보였어요. 주식을 무서워하지 않고 제대로 마주 보고 있는 그 모습을 보고… 저도 마음이 흔들렸어요.
미서	…왜… 트라우마가 생긴 건데요…?

선우, 쓸쓸하게 웃으며 잠시 머뭇하다 말을 꺼내는.

선우	미서 씨… 작전이란 말 들어 봤어요?
미서	작전…이요?

2. 길 일각 / 낮 (과거 회상)

파란 하늘에 벚꽃 잎이 살랑… 아련하게 날리는 봄.
고등학교 춘추복 교복을 입은 선우가 집으로 뛰어가고 있다.
(2007년)
카메라 틸업하면 파란 하늘에 타이틀 뜬다.

<타이틀>
- 파란 나라를 보았니? -

3. 선우 방 / 낮 (과거 회상)

교복 입은 선우, 데스크톱 컴퓨터로 주식 거래하고 있다. (2007년)

선우(E)　　전 열여덟 살 때 주식을 시작했어요.

선우 모(母), '똑똑' 노크하고 과일 들고 들어오고,
선우 돌아보며.

선우　　　엄마! 이거 좀 보세요.
선우모　　뭔데. (컴퓨터 보다 놀란다) !!!! 이게 뭐야? …2억?!
선우　　　내가 주식해서 번 거예요. (환하게 웃는)
선우(E)　　주식이 너무 재밌었어요. 어린 나이에 말도 안 되게 큰돈도 벌었고요.

4. 증권사 강당 / 낮 (과거 회상)

대학교 1학년 선우, 실전 투자 대회 수익률 1위의 패널을 들고 기념사진 찍는다.

선우(E)　　주식만큼은 누구에게도 지지 않을 자신이 있었죠.

5. 증권사 사무실 / 밤 (과거 회상)

새벽 3시 텅 빈 사무실.

책상에는 기업 분석 자료가 쌓여 있고, 커피 마시며 컴퓨터로 재무제표 확인하는 선우.

선우(E)   하지만 단기간에 큰 성과를 내야 하는 프랍은 저와 잘 맞지 않았어요.

6. 딜링룸 / 낮 (과거)

아침. 책상 위에 올려 진 실적표.

선우의 손익은 마이너스 9억.

멍하니 바라보는 선우.

선우(E)   매일 아침 책상 위에 놓여 진 저의 수익률표가 절 자꾸만 움츠러들게 했어요.

석재에게 박수를 보내는 선우. (2부 #42)

선우(E)   프랍은 둘 중에 하나예요. 엄청난 수익을 내거나.

짐 싸는 동료 트레이더1을 보는 선우.

선우를 보고 씁쓸하게 웃는 동료1.

선우(E)	짐 싸서 떠나거나…

다음 날, 출근한 선우.
그런데 한 동료의 책상에 국화꽃이 놓여 있다. 무거운 분위기.

동료2	(조심스레) 팻핑거로 200억 손실 낸 거…때문에… 그렇게 됐대…

자막	팻핑거(fat finger): 금융 상품 트레이더들이 주문을 잘못 입력해 발생하는 주문 실수를 가리키는 용어.

선우	(놀라고, 혼란스럽다)
선우(E)	전 그렇게 떠나고 싶지 않았어요…

7. 여의도 거리 일각 / 낮 (과거)

쾡한 몰골의 선우, 여의도 한복판, 횡단보도를 건너다 우뚝 멈춰서서 하늘을 본다.
햇빛이 눈부셔서 현기증이 날 것 같다.

선우(E)	늘 제 자신이 한심하게 느껴졌어요.

갑자기 훌쩍훌쩍 울기 시작한다. 점점 서럽게 흐느끼는 선우.
소매로 눈물 닦으며 어린아이처럼 엉엉 우는 선우.
길가는 행인들, 그런 선우를 보고 쑥덕거린다.

선우(E)   난 왜 이것밖에 못할까… 열심히 했는데 왜 안 될까…

깜박거리던 초록불, 이내 빨간불로 바뀐다.

8. 일식집 / 저녁 (과거 회상)

선우에게 일면식 없는 두 사람을 소개시켜 주는 본부장.
30대 애널리스트와 60대 권 회장.

본부장   최프로. 인사드려. 이쪽은 YP증권 신재생에너지 파트 애널리스
트 박희영 씨. 이분은 K바이오에너지의 최대 주주 권 회장님.

경계를 풀지 않고 애널리스트, 대주주와 악수하는 선우.

선우(E)   그러던 저에게 유혹의 손길이 찾아왔고…
본부장   우리 권 회장님과는 얘기가 다 됐어요. 끝날 때까지 홀딩해 주시
는 걸로. 미국으로의 기술 수출은 확실한 거 맞지?
애널리스트 네. 기정사실입니다. 공시는 아마 다다음주 초쯤 할 것 같습
니다.

본부장과 애널리스드, 대주주의 대화가 이어지다, 선우를 쓱 한
번 쳐다보는 본부장.
신우는 긴장된 표정으로 혼자서 조용히 술을 따라 마신다.

9. 딜링룸 / 낮 (과거 회상)

　　본부장이 선우의 어깨를 지그시 누르며 얘기한다. 아직 장 시작
　　전인 8시 50분.

본부장　　(목소리 낮춰) K바이오에너지. 9시 7분. 200개. 한번 잘~ 봐 봐. (어
　　깨 두드리고 가는)
선우(E)　　드디어 작전의 날이 다가왔죠.

　　선우, 심장이 '쿵쾅쿵쾅' 거리고 손이 떨리기 시작한다. 고민에
　　빠지는…

10. 본부장실 / 낮 (과거 회상)

　　본부장실에 노크하고 들어오는 선우.

선우　　…본부장님. 죄송합니다. 저는…
본부장　　왜? 이제 와서 못 하겠어? 겁나? 너 이번 달 실적 마이너스 9억
　　맞지? 조금 있으면 손실 한도 터치 아닌가?
선우　　…네.
본부장　　작전이니 뭐니 더러워서 하기 싫으면 네 실력으로 정정당당히
　　해보던가. 주식 천재니 최연소 펀드 매니저니 그동안 아주 기고
　　만장 했을 텐데… 어때? 여기 오니까 네 맘대로 안 되지?
선우　　…
본부장　　나 내 돈 파킹해놨다고 이러는 거 아냐. 이게 다~ 우리 최프로

잘 되라고, 짐 안 싸게 도와주려는 거지. 여기서 네 주식 인생 끝 낼 거야? 응?

선우   …

본부장   뭐해. 곧 장 시작 하는데. 나가 봐.

11. 딜링룸 / 낮 (과거 회상)

멍하니 앉아 있는 선우.
전자시계 오전 9시가 되고 긴장한 선우의 얼굴.
괴로운 기억들이 하나씩 떠오른다.
- 짐 싸던 동료1의 모습
- 사람들에게 박수 받는 석재
- 마이너스 9억인 선우의 실적표
- 국화꽃 올려 진 동료의 책상
전자시계 9시 7분이 되고.
비장한 표정으로 매수를 시작하는 선우.

전자음(E)   매수가 체결되었습니다.

쉴 새 없이 금액을 입력하고 매수 버튼을 누르는 선우.
선사음도 세속 들려온나.

선우(E)   결국 제 자존심을 건드린 본부장 말에 흔들려 돌이킬 수 없는 짓을 했어요.

미서(E)   (놀란) 그래서요?

12. 딜링룸 / 낮 (과거 회상)

검찰청의 검사와 행정관들이 들이닥쳐 압수 수색을 하고 있다.
큰 검찰청용 박스에 자료들 담고 있는 행정관들.
그때 출근한 선우, 그 모습을 보고 놀라고 긴장한 표정이다.
여자 검사 하나가 선우 앞으로 다가오고…

박 검사   최선우 씨?

검사가 '씨익' 웃으며 선우에게 다가와 신분증을 보여 준다.
'서울남부지검 금융범죄수사협력단 검사 박지현'

13. 검찰청 / 낮 (과거 회상)

검찰청 조사실에서 조사 받고 있는 선우, 굳은 표정이다.

박 검사   이러는 이유가 뭐예요? 상사에 대한 충성?
선우   저 혼자 했으니까요. 휴대폰 다 확인해 보셨잖아요.
박 검사   실적 압박 때문인 거 같은데… 맞죠?
선우   …
박 검사   …끝까지 혼자 뒤집어쓰시겠다? (피식 웃는) 전도유망했던 주식
                천재의 끝이 이렇다니… 너무 아깝다. 정말 괜찮아요? 자격 정

지 먹어도?

선우, 잠시 눈빛이 흔들린다.

선우	상관…없습니다.
선우(E)	두렵긴 했지만 내 실력이 아닌 걸로 더 이상 이 세계에서 버틸 수 없다는 생각이 들었어요.

14. 법정 / 낮 (과거 회상)

선우, 무표정하게 서 있고, 판사들이 판결문을 읽어 내려간다.

판사	피고인 최선우는 미공개 중요 정보를 이용하여 자본 시장의 공정성, 신뢰성 및 건전성을 해쳤기에 자본시장법 제174조 위반, 징역 6개월 집행 유예 1년에 처하고 벌금 3억, 자격 정지 3년에 처한다.

객석에서 판결문을 듣고 울음을 터뜨리는 선우의 어머니와 아버지.
선우는 여전히 무표정하게 앞을 바라보고 있다.

선우(E)	내 손으로 저지른 거니까. 책임을 져야 한다고 생각했습니다.

15. 딜링룸 / 낮 (과거 회상)

자기 책상에 짐을 싸고 있는 선우.

주위에 있는 직원들은 선우를 신경도 쓰지 않는다.

선우, 직원들에게 가벼운 목 인사를 하고 딜링룸을 빠져나가는데…

문득 멈춰서 뒤돌아본 딜링룸은 선우가 없어도 변한 것이 없다.

바쁘게 움직이는 사람들, 수익 얻고 기뻐하는 트레이더…

여전히 잘 돌아가는 딜링룸을 슬픈 표정으로 보는 선우.

선우(E)   그때 알았어요. 난 아무것도 아니었구나.

16. 한강 대교 위 / 밤 (과거 회상)

선우(앞 씬과 다른 복장), 수염 나고 초췌한 모습으로 대교 위에 서 있다.

한강을 바라보며 모든 것을 체념한 듯한 얼굴. (1화 #35. 플래시백 상황)

선우(E)   그냥 이대로 사라져 버리고 싶단 생각도 들었어요.

17. 선우 방 앞 + 선우 방 / 밤 (과거 회상)

선우 방 앞, 선우 모(母)가 쟁반에 차린 밥상을 내려놓는다.

선우 모	(속상한) 선우야… 밥은… 꼭 먹어.

아무 대답이 없자, 한숨 쉬는 선우 모(母), 방 앞을 떠난다.
어두운 방 안, 침대에 기대앉은 멍한 표정의 선우.

선우(E)	죽지도… 살지도 못하고… 그렇게 2년을 흘려보냈어요.

18. 선우 집 거실 / 낮 (과거 회상)

햇살이 들어오는 거실, 머리와 수염이 긴 선우가 방에서 나온다.
눈이 부신지 눈을 찡끗하는 선우.
그때, 집 전화벨이 울리고, 전화를 받는다.

선우	네… 네… 알겠습니다.

선우, 전화를 끊고 베란다로 와 커튼을 활짝 걷고 바깥을 물끄러미 바라본다.

선우(E)	그러다 왜 꼭 그 날이었는지는 모르겠지만… 이제 밖으로 나가야겠다는 생각이 들더라구요.

19. 엘리베이터 / 낮 (과거 회상)

엘리베이터에 선우가 탄다. (1회 #8 상황)

한편에 미서가 타 있고, 찰나의 순간 서로 눈이 마주치는 선우와
미서.
흩날리는 선우의 더벅머리, 아련한 슬로우 걸린다.
두 사람, 나란히 서서 정면을 바라본다.

선우(E)   그리고… 미서 씨도 만나게 됐죠.

20. 선우 집 거실 / 밤 (다시 현재)

미서   (안타깝게 보는) 선우 씨…
선우   겨우 밖으로 한 발짝 나왔는데… 이제 나는 주식을 못 하게 됐
          다는 사실이 아직도 믿기지가 않아요…
미서   …
선우   내가 제일 잘하는 게 주식이었는데… 나는 세상에서 주식이 제
          일 재밌고 주식밖에 모르던 놈이었는데… 그런 내가 주식을…

          선우, 울컥하는 마음을 애써 눌러 보려 하지만 눈물이 그렁그
          렁한.

선우   이제 어떻게 살아야 할지 막막해요… 주식 때문에 모든 걸 잃었
          지만… 주식을 안 하면… 나를 영영 잃어버릴 것 같아요… (미서
          를 보는) 그게… 너무 무서워요.

미서, 가만히 선우를 안아 준다.

미서   무서웠겠다… 그렇게 힘들어하는 줄도 모르고 난… 계속 다그
         쳤네…

한참 동안 선우의 등을 토닥여 주는 미서.

선우   (떨어져 미서의 얼굴을 마주 보는)
미서   무섭긴 하겠지만 그래도 같이 해 봐요. 선우 씨가 제일 잘하고
         좋아하는 거니까… 포기하긴 너무 아쉽잖아요. 선우 씨는 내가
         발굴한 주식 영재니까.
선우   (그제야 피식 웃는) …
미서   트라우마는 극복할 수 있어요! 내가 많이 도와줄게요.
선우   …고마워요.
미서   그니까 울지 마요. 맴찟~
선우   (눈 벅벅 닦아내는) 아~ 부끄럽다…
미서   그동안 내가 사고 치면 뒤에서 도와주느라고 힘들었죠?
선우   아뇨. 좋았는데… 미서 씨가 하도 위태로운 짓을 하고 다니니
         까… 우울할 틈도 없고.
미서   내가 좀 스펙터클하긴 하죠. (웃는)

선우, 웃는 미서의 얼굴을 보고 맘이 놓이는지 살짝 웃는다.
둘, 눈이 마주치고… 순간 적막이 흐른다.

| 선우 | 미안해요. 그 날은… (하는데) |

그때, 미서의 폰이 울린다. 화면에 뜨는 '우리 자기'
그걸 본 미서와 선우, 당황하고… 선우 곧 표정이 어둡게 변한다.

미서	아!… 저 가 봐야 할 거 같아요.
선우	아… 네…
미서	그럼 내일 봐요.

선우, 머뭇거리다 미서를 붙잡지 못하고.
현관문 열고 나가는 미서.
선우, 자신이 답답하다.

| 선우 | 아 씨… 병신… (머리 헝클어뜨리는) |

21. 백화점 뒷문 / 밤

미서에게 전화하며 기다리고 있는 진욱.
미서가 전화를 받지 않자 답답한데…

유나(OFF)	진욱 씨?
진욱	(돌아보고 유나를 알아본다) 아, 유나 씨 안녕하세요.
유나	(안타까운) 미서 보러 오셨구나… 미서 오늘 휴문데…
진욱	아, 그래요… 미서가 전화를 안 받네요. 저… 유나 씨.

유나	네?
진욱	저 물어볼 게 하나 있는데… 혹시 미서…

#. 다가구 전경 / 낮

22. 옥탑방 / 낮

며칠 뒤. 스터디 전, 심각한 얼굴로 텔레비전을 보고 있는 진배, 강산, 행자, 미서, 예준.

뉴스(E)	연준이 FOMC 정례 회의에서 테이퍼링에 속도를 낼 것과 기준 금리 인상을 발표했습니다. 이에 뉴욕 증시는 개장과 함께 큰 폭으로 하락하며 나스닥 지수는 261.61포인트, 약 1.88% 이상 하락했고, 코스피 또한 27.84포인트, 약 2.83% 급락했습니다.

일동, 점점 심각해지는 표정.
각자 주식 창을 확인해 보는데…
동요 '파란 나라' 노래가 깔린다. '파란 나라를 보았니? 꿈과 사랑이 가득한~♪'

<인서트>
각자의 MTS 화면. 모두 파란색으로 물들어 있다. 표정이 굳는 일동.

| 미서 | 이게 뭐야?!! 좀 심한데…? |
| 강산 | (울상) 내 전 재산이 녹고 있어… 어떡하죠, 회장님? |

보면, 처음으로 당황한 표정인 예준.
예준도 하락에 놀랐다.

예준	파…파래요… 처음 봐요, 제 계좌에 파란색…
진배	우량주라 믿었건만… 어떻게 삼전이 7%나 떨어지지?
행자	제 말이요! 더 떨어지기 전에 빼야 되나…
진배	그만 떨어져~ 나 너무 무서워~! 이러다 다 죽어~!!!

<인서트>
행자와 진배의 '삼선전자' 현황.
행자/ 삼선전자 70주, 83,000원 → 77,000원 (-7.23%/-420,000원)
진배/ 삼선전자 50주, 83,000원 → 77,000원 (-7.23%/-300,000원)
다들 한숨 쉬고 있는데… 그때, 문이 열리고 선우가 들어온다.
다들 선우를 보고 놀라는 표정.
미서는 선우를 짠하게 바라보고…

<시간 경과>
일동, 선우에게 그동안의 모든 얘기를 들었다.

| 행자 | (글썽) 그렇게 된 거구나… 힘들었겠다, 선우 씨. |
| 진배 | 우리가 오해를 했네요. 미안합니다. |

강산	이제라도 말해 줘서 고마워요, 선우 씨.
예준	선우 회원님. 그래도 저희랑 계속 스터디하실 거죠?
선우	…네. 더 열심히 할게요. 저도 다시 배울 게 많아요. 모두 잘 부탁드립니다.
행자	(눈물 참으며 천장 보며 손부채질) 아우 나 왜 이래~ 또 눈물 날라 그러네…
강산	베로니카 왜요… 그동안 선우 씨 맘 고생했을 생각하니까… 슬퍼서 그래요?
행자	아뇨… 나 또 시퍼런 내 계좌가 떠올라서… 눈물 나네.
일동	(숙연) …
진배	아! 그러고 보니 아주 대단한 주식 전문가가 우리 사이에 있었군요. 어떡해야 될까요?
행자	더 떨어지기 전에 팔까요?
진배	플리즈 어드바이스~!

모두들 간절한 눈빛으로 선우를 쳐다본다.
선우, 부담스럽지만… 조심스럽게 대답을 한다.

선우	지금 불안하신 이유는… 갖고 계신 종목에 대한 믿음이 없어서인 거 같아요. 애초에 왜 이 주식을 사셨는지 생각해 보세요.
진배	(생각하는) 음… 심진… 믿음 있죠! 근본 우량주니까!
행자	나도! 잠깐 흔들린 거뿐이지…
선우	좋습니다. 막연히 오를 거라고 기대하면서 홀딩하라는 게 아니라, 그런 확신이 있다면 홀딩하시고, 현금이 있다면 추가 매수를

	하시면 될 거 같아요.
미서	만약⋯ 종목에 확신이 없으면요?
선우	틀렸다고 판단되면 과감히 손절하고 다른 종목으로 리밸런싱할 수도 있죠.
강산	오, 손절해도 돼요?
선우	무작정 하라는 게 아니라, 현금이 없다면요. 사실 10% 정도 빠지는 조정장은 1년에 최소 두세 번씩 있어 왔어요. 지나고 보면 모든 하락은 기회였죠. 결국은 회복하니까요.

선우의 말에 진지하게 고개를 끄덕이는 일동.
이내 눈이 반짝이는 진배.

진배	역시 전문가야 전문가! 그럼⋯ 이런 하락장에서 갈아탈 종목은 어떤⋯ (하는데)
예준(O.L)	잠깐!!
일동	??
예준	우리 스터디는 물고기 잡는 법을 가르쳐 주지, 물고기를 잡아 주진 않습니다. 혹시라도 선우 회원님께 종목 추천받아서 요행을 바란다면 그 회원님은 저희 주린이 스터디와 함께하실 수 없습니다. 발각 시 강퇴, 제명입니다.

제법 단호하게 으름장을 놓는 예준.
예준의 카리스마에 일단 수긍하는 일동.

| 일동 | 알겠습니다… / 네네… / 예준 회장님 말이 맞지. |

행자와 진배, 말은 그러면서 머릿속으로 딴 생각을 하는 듯한 표정이다.

| 예준 | 피터 린치가 말했죠. 하락장에서 당신이 불안한 이유는 쓰레기 같은 회사에 당신이 평생 모은 돈을 공부도 안 하고 몰빵했기 때문이다. |

뼈 때리는 팩트 폭행에 '큼…' 아무 말도 못하는 일동.

예준	다음 시간까지 뉴스 잘 챙겨 보시구요, 대비책에 대해 생각해 보세요.
강산	우리 다 같이 이 조정장을 이겨내 보자고요!
선우	그래요. (용기 내서) 투신…자판…

'선우가 웬일로 먼저?' 일동, 손을 들고 구호 외친다. "성투 성투!"

23. 다가구 앞 / 낮

스터디 끝나고 헤어지는 일동.
선우, 먼저 가는 미서를 부른다.

선우	미서 씨!
미서	네? 왜…왜요.
선우	밥 안 먹었으면 같이 먹을래요?
미서	아… (눈 피하는) 지금 좀… 바빠서! 그럼.

돌아서는 미서. 그때, 전화가 울린다. 보면, '최진욱'이라고 뜬다. 미서, 무표정하게 보다가 이내 받지 않고 폰을 주머니에 넣어버리는.

도망가는 미서를 보는 선우, 왠지 어제 일 때문에 그러는 것 같다. 얕은 한숨 쉬는.

#. 선우 집 전경 / 밤

24. 선우 집 / 밤

화분에 물을 주고 있는 선우. 생각에 잠겨 있다.

<플래시백>

- 9부 #20. 진욱에게 전화 온 미서

할 말 못하고 그냥 미서를 보냈던 모습.

선우	(자책) 아씨…

그때, 울리는 현관문 벨소리.

선우   누구세요?

현관문 열면… 행자가 양손에 뭔가 바리바리 싸들고 웃으며 서
있다.

행자   배달 왔습니당~

CUT TO

거실. 행자와 마주 앉아 있는 선우.
보면, 행자가 테이블 가득 밑반찬, 김치, 족발을 펼쳐 놨다.
선우, 이게 다 뭔가 싶어 당황스러운데…

선우   저희 집은 어떻게…
행자   아~ 미서 씨한테 주소 물어봤어. 내가 늘 맘에 걸렸었거든. 선우
          씨 혼자 사는데 잘 챙겨 주지도 못한 거 같고…
선우   아…아닙니다. 뭐 이런 걸 다…
행자   사연 듣고 보니 마음이 짠하더라고… 부담 갖지 말구 먹어! 별
          거 아니야. (손으로 김치 찢어서 먹여 주는) 먹어 봐~
선우   아… 감사합니다. (어쩔 수 없이 받아먹는다)
행자   그래, 양친은 건강하시고?
선우   네… 제주도에 잘 계세요.

9부   파란 나라를 보았니?

행자	…제주도…? 흐읍…

갑자기 감정에 북받치는지 눈물 고이는 행자, 손부채질 하며 참
으려 하지만 눈물 터진다.
당황하는 선우.

선우	(티슈 뽑아 건네며) 왜… 그러세요?
행자	(눈물 닦으며) 내가… 신혼여행을 제주도로 갔었거든… 남편 생각이 나네? (훌쩍) 우리… 그 흔한 성산 일출봉도 못 가구… 관광지 하나도 못 봤잖아…
선우	왜요?
행자	방에서 나갈 시간이 없어서~ 당췌 짬이 나야 말이지~ 호홍~~ 우리 예림이가 거기서 생겼잖아~~오홍홍~ 제주도를 안 가도 될 뻔했어.

울다가 별안간 웃으며 주책맞은 소리를 하는 행자.

선우	(무표정) …아… 그렇군요… 잘 됐네요…
행자	어머! 내가 주책맞게 뭔 소리를… 미안… 내가 갱년기라~ (깔깔거리며 선우를 때려 댄다)

25. 선우 집 앞 / 밤

선우 "그럼…" 쾅 현관문 닫고. 아쉬운 표정의 행자, 빈 보자기만

들고 있다.

행자   반찬만 싹 받아 가고… 아주 꼬장꼬장하네! 최선우 씨…

그때, 엘리베이터 문이 열리고 쇼핑백을 든 진배가 내린다.
쇼핑백과 보자기를 황급히 숨기는 둘, 서로 경계하는 행자와
진배.

진배   최선우 씨 집에… 왔다 가시나 봐요? 반찬 바리바리 싸들고…?
행자   뭐… 서로 돕는 거죠! 그건… 뭐 뇌물이에요?
진배   (숨기는) 큼… 그래서 뭐라도 좀 얘기해 줍디까?
행자   글쎄요. 내가 진배님한테 굳이 다 얘기해야 되나~?
진배   (조급해진다) 큼… 가세요.
행자   예에…

진배, 행자를 견제하며 스쳐 지나가고.
행자도 찜찜한 얼굴로 진배를 쳐다본다.

26. 선우 집 거실 + 현관 / 밤
신배, 어느새 집 안에 들어와서 선우가 내순 따뜻한 차를 마시고
있다.

선우   저희 집엔 어쩐 일로…

진배	그냥 뭐~ 선우 씨 어떻게 하고 지내나 궁금하기도 하고. (하다) 저기… 증권 맨들은 술 많이 먹지?
선우	?? 네… 그렇죠.
진배	(잽싸게 위스키를 꺼내는) 친해지려면 역시 술이지! 난 목 넘김이 부드럽고 숙취도 없는 이 위스키를 (쌍따봉 하며) 강력! 추천하네!
선우	저는… 술 안 좋아서.

'큼'… 다시 위스키를 집어넣고. 차를 마시면서 눈을 굴려 재빨리 집안을 스캔하는 진배.
거실 구석에서 골프 가방을 발견한다.

| 진배 | (반갑) 아이고, 선우 씨 골프 치는구나… 언제 한번 같이 필드 나갈까요? 나는 이천에 있는 스카이CC를 (쌍따봉) 강력! 추천하네! |
| 선우 | …골프 안 칩니다. 저건 아버지 거예요. |

호락호락하지 않은 선우에 점점 당황하는 진배, 머리를 굴리다…

진배	아! 선우 씨 나이가 몇이랬지?
선우	서른셋입니다.
진배	아이고, 이제 장가가야겠네! 어디… 내가 소개팅 좀 주선해 줄까? (휴대폰 꺼내며) 보자 보자… 어 그래, 김 선생님 참~ 사람 좋은데! 수업도 잘하시고.
선우	괜찮습니다.
진배	왜~ 만나 봐. 김 선생님 정말 참하고, 재색을 겸비한 재원이야!

난 선우 씨한테 김 선생님을 (쌍따봉) 강력! 추천하네! 선우 씨는 나한테 어떤 종목을 추천하나?

선우   …

CUT TO

현관. 진배, 애절한 눈빛으로 문 밖에 서 있고.
선우, "들어가세요…" 꾸벅 인사하고 문을 닫아 버린다.
피곤한 듯 한숨 쉬며 소파에 풀썩 앉는 선우. 휴대폰을 꺼내서 미서에게 카톡한다.

<인서트>

선우   오늘 바빠요? 이따 편의점에서 볼 수 있어요?

27. 편의점 + 거리 일각 (교차) / 밤

편의점 청소하고 있는 선우, 혹시나 미서가 지나가진 않을까 편의점 밖을 쳐다보다가,
조끼에서 휴대폰을 꺼내 확인한다. 미서, 아직 톡을 읽지 않은 상태다.
선우, 이내 뭔가 결심한 듯 미서에게 전화를 건다.
미서, 자전거 페달 열심히 밟으며 배달 알바 중이다.
그때, 전화가 울리고, '끼익' 자전거를 세우고 발신자를 확인하

는데, 선우다.

미서 (받을까 말까 고민하다 받는) …여보세요?

선우 미서 씨. 바빠요?… 톡 보냈는데 답이 없어서…

미서 아, 미안해요. 바빠서 못 봤어요. 근데 왜요?

선우 일 끝나면 편의점으로 올래요?

미서 (잠시 고민하다) 오늘은 안 될 것 같아요. 물타기 하려면 시드 열심
      히 벌어야 돼서… 미안한데 지금 배달 중이라 끊을게요~

미서, 전화 끊고 다시 열심히 페달 밟으며 사라지고…
선우, 끊긴 전화를 보고 고민스러운 얼굴이다.
그때, '딸랑' 열리는 편의점 문. <선우의 상상>
보면, 미니 웨딩드레스 입은 미서와 턱시도 입은 진욱이 팔짱 끼
고 들어온다!
선우에게 다가오더니… 청첩장을 내미는 미서.

미서 청첩장 주러 왔어요~ 그동안 고마웠어요. 열심히 살아요! 성투!!

선우 (충격) 미서 씨…!

진욱 이 남자야? 너한테 껄떡댔다는 껄떡쇠가?

미서 응응. 징글징글했어~

선우 얼굴에 부케 던지며 행복하게 웃으며 편의점을 떠나는 미
서와 진욱.

선우	미서 씨! 미서 씨~!!!!

<다시 현실>

선우, 끔찍한 듯 고개 젓는데… 그때 다시 '딸랑' 열리는 편의점 문.

보면, 편의점에 들어오는 진욱! 진욱을 알아본 선우. 이번엔 진짜다.

진욱, 선우를 스쳐가더니 아무 말 없이 음료를 가져와 계산대에 올린다.

진욱	(노려보며) …계산이요.
선우	(눈 피하지 않고 '삑!' 바코드 찍는) …2천 원입니다. (노려보며) …할인이나 적립 카드 있으세요?

둘 사이에 불꽃이 튄다.

진욱	(노려보며) …아뇨. (카드를 꽂는)
선우	(노려보며) …봉투 드릴까요?
진욱	(노려보며) 됐어요.

둘 사이에 잠시 적막이 흐르는데… 그때,

진욱	미서랑 주식한다면서요?
선우	…!!

9부	파란 나라를 보았니?

진욱	안 했으면 좋겠는데. 미서 같이 충동적인 성격은 주식하면 안 돼요. 그러니까…
선우(O.L)	충동적인 게 아니라 과감한 건데? 잘… 모르시는구나…
진욱	(피식 웃는) 네… 전 주식은 잘 몰라서요… 그쪽은 주식이라도 열심히 하셔야겠네요. 파이팅!
선우	…불안하신가 봐요?
진욱	(욱하는) …뭐요?
선우	(무표정) 안녕히 가세요.

진욱, 이 앙다물고 나가 버린다. 선우도 화난 표정이다.

#. 예준 집 전경 / 낮

28. 예준 방 / 낮

온갖 우주 관련된 포스터와 관련 서적으로 꾸며 있는 예준 방. 침대 이불도 행성 모양이다.
예준, 수학 학습지를 풀고 있다. 그러다 문득 생각났는지 휴대폰을 꺼내 MTS창을 켠다.

<인서트> 예준의 주식 창

슈퍼바이오 35주, 12,000원 → 92,500원 (+670.83%/+2,817,500원)
제원식품 3주 147,000 → 127,000 (-13.61%/-60,000원)

ok에너지 6주 23,000 → 215,000 (+834.78%/+4,800,000원)

MTS 각 종목 수익률 보며 분석하는 예준.

예준(E)   확실히 저점 추가 매수 기횐데… 예수금이 없네…

수익률 높은 OK에너지를 매도해서 제원식품을 추가 매수?
"좋아! 하지만 신규 투입 자금도 필요하다!"
하다가 무심코 침대 협탁에 놓인 태양계 행성 모형 장난감이 보인다…!! 눈이 반짝이는.

29. 놀이터 / 낮

손에 행성 장난감을 들고 서 있는 예준, 사뭇 긴장된 표정으로 누군가를 기다리는데…

소리(OFF)   당근이세요?

예준, 소리 나는 곳 보면… 예준보다 더 작은 남자 초등학생(2학년)이 서 있다.

예준   아 네. (장난감 들어 보이며) 이거 사러 온 거 맞죠? (내밀며) 만 원입니다.

초딩   (시큰둥한) 음… 근데여… 이거 잘 되는 거 맞아요?

초딩의 의심쩍은 눈빛에 각각의 행성들을 움직여 보는 예준.

예준   이걸로 행성들의 이름과 위치, 공전 주기를 재미있게 학습할 수
         있어요. (빔 켜서 시연하며) 방에 불 끄고 천장에 빔을 쏘면, 마치 내
         방이 우주가 된 것 같은 기분을 느낄 수도 있죠. 그럼 잠이 솔솔
         잘 와요~!

초징   음… (시큰둥)

예준   그뿐만이 아니라 영어랑 스페인어로도 설명이 나온다고요! (버
         튼 누르자, 스페인어 설명 나오는)

초딩   (호기심이 생긴 척) 오~~ (하다) 별로 재미없다. 오천 원만 깎아 주
         세여.

예준   (청천벽력) 오천 원?!… 쿨거래 한다고 했잖아요!

초딩   장난감이 쿨하지 않은 걸요? 안 돼요? 그럼… 안 살래요. (가려
         는데)

예준   (붙잡고) 아, 알았어요…! 칠…천 원?

초딩   (단호히 고개 젓는)

예준   알았어요. 오천 원에 줄게요…

         초딩, 만족한 듯 꼬깃꼬깃한 5천 원을 내민다. 돈 받는 예준의
         얼굴, 속상하다.

30. 옥탑방 / 낮

         강산은 한편에서 명상하고 있고, 진배는 붓글씨로 '이 또한 지나

가리라'라고 쓰고 있다.

그때, 행자가 문을 열고 들어온다.

강산   베로니카! 어쩐 일이에요? 스터디 날도 아닌데…

행자   (시무룩) 혼자 있으면 답답해서…

행자, 붓글씨 쓰고 있는 진배를 힐끗 바라본다.

진배도 행자 눈치를 보는…

행자   그때… 선우 회원님한테 추천 종목 좀 알아내셨어요?

진배   (하다) 큼… 안 통하더군요… 생각해 보니까… 선우 씨도 주식 안

한 지 2년이나 됐다는데… 지금 뭘 알겠나 싶기도 하고…

행자   하긴. 알려 준다 해도 선우 씨가 다 맞는 것도 아니고…

강산   (휴대폰 보다가 손 떤다) 어…어떡해요!… 계속 떨어지는데요?!

행자, MTS 화면을 켜서 본다. 놀라서 눈이 휘둥그레지고…

삼선전자 70주 83,000원 → 74,000원 (-10.84%/-630,000원)

행자   어머나!! 어떡해… (진배에게) 삼전 좀 확인해 봐요!!

진배, 행자의 말에 다급하게 자기 휴대폰을 켜서 MTS를 확인해

본다.

삼선전자 50주 83,000원 → 74,000원 (-10.84%/-450,000원)

진배	(눈 비비고 다시 본다) 아니… 이게 어떻게 된 거야!
행자	진짜 나 돌아 버려~~ 팔까요?! 어떡해요~
진배	NO!! 기다려 봅시다. 왜, 공포에 사고 환희에 팔라는 말도 있잖습니까. 일단 물타기를 하자고요!… 그래도 우리나라 국가 대표 기업인데! 좀 내려가더라도 금방 또 회복할 거예요!

자막	물타기: 하락한 주식을 추가로 매입하여 평균 매입 단가를 낮추는 행위

행자	그래요! (끄덕) 믿어 봐요 우리! 일단 저는 다섯 주 더 삽니다!
진배	그 정도로 물이 타지겠어요? 난 열 주 추가 매수!!

진배와 행자, 정신없이 휴대폰 붙잡고 주식을 추가 매수한다.
한편, 진배와 행자를 보며 혼자 골똘히 생각하고 있는 강산.

강산(E)	나도 사? 말아?… 진배 형님이 사면 꼭 떨어지던데…

31. 편의점 안 + 편의점 밖 / 밤

선우, 매대에 상품을 진열하고 있다.
한편 편의점 밖. 미서가 선우를 아련하게 바라보고 있다.
뭔가 갈등되는 얼굴.

미서	(잠시 고민하다 절레절레) 아냐. 아냐.

선우, 일하다가 무심코 밖을 봤는데, 창밖에 미서가 보인다.
선우와 눈이 마주친 순간… 미서, 못 본 척 휙 방향을 틀어 걸어
가고.
선우, 다급히 문을 열고 미서를 부른다.

선우   미서 씨!

미서, 못 들은 척 더 빠른 걸음으로 걸어간다.

선우   (조금 더 큰소리로) 미서…!…(포기하는)

빠르게 걷다가 달리기 시작하는 미서의 뒷모습을 보고 한숨을
쉬는 선우.

#. 다가구 전경 / 낮

32. 옥탑방 / 낮

진배, 어안이 벙벙해서 자기 휴대폰 보고 있고…
행자, MTS 보더니 화나서 얼굴이 벌게진다.
삼선전자 75주 82,400원 → 67,000원 (-18.69%/-1,155,000원)

행자   물타기 좋아하시네… 바닥인 줄 알았는데 지하실이 있잖아요!!

9부   파란 나라를 보았니?

진배, 넋을 잃고 휴대폰 화면 보고 있다.

삼선전자 60주 81,500원 → 67,000원 (-17.79%./-870,000원)

진배   (착잡) 흘러내렸네… 마이너스 18… (자세 고쳐 잡고 경건하게 기도하
         는) …수원에 계신 우리 아버지시여. 오늘날 우리에게 일용할 배
         당금 주옵시고, 단타충을 사하여 주옵시고, 다만 81층에서 구하
         옵소서… 삼전의 권세와 영광이…

행자(O.L) (버럭) 뭐하는 거예요!! 이거 어떡할 거예요?! 지금 장사도 내팽개
         치고 왔다고요!!

진배   거 성질 한번 급하시네!… 삼전 망하면 우리나라 망하는 거니
         까! 일희일비하지 말고 믿고 한번 기다려 봐요… (하는데)

행자(O.L) 아악!!… 방금 또 2% 빠졌네!!

진배   (심호흡하며)… 그럼 이건 어떻습니까… 인버스를… 타는… 거예
         요!!

자막   인버스: 지수가 하락했을 때 수익을 내는 구조의 펀드 상품.

행자   …인버스…? 어디 가는 버슨데요?

진배   그 버스가 아니라… 인버스! 주가가 하락하면 반대로 돈을 버는
         거예요.

행자   어머… 한 번도 안 해봤는데 괜찮을까요? 위험한 거 아니에요?

진배   지금 계좌 다 녹아내리고 있잖아요!… 바겐세일이 좀 오래갈 것
         같으니까 일단 탑시다, 인버스. 하이 리스크 하이 리턴이니까!

행자   (끄덕) 네. 타요!

33. 거리 일각 / 새벽 - 상상

어둑하고 안개 낀 을씨년스러운 날씨… 낡아 보이는 버스 한 대가 서 있다.

버스에 타 있는 사람들, 다 광기 어린 눈으로 실성한 듯 웃고 있고, 그때, 안개를 뚫고 진배와 행자가 좀비처럼 달려서 버스 앞까지 온다.

버스에 탄 사람들처럼 광기 도는 표정으로 버스에 올라타는 진배와 행자.

기사   인버스, 출발합니다!

기사, 액셀 밟자 갑자기 '웅~' 소리를 내며 뒤로 급출발하는 버스, 자욱한 안개 사이로 버스가 빠르게 사라진다…

34. 족발집 / 낮

강산, 90년대 붉은색 색안경을 쓰고 테이블을 치우고 있다.
그때, 용선이 다가와서 강산의 안경을 보고 웃는…

용선   강산 씨~ 그 안경 뭔데? (깔깔 웃는)

강산   아… 세상을 좀 빨갛게 보고 싶어서요… 지금은 너무… 파랗디 파래서… (울컥)

용선   ??… 뭔 소리고… 이거 언넝 치우고 우리도 밥 먹읍시다.

9부   파란 나라를 보았니?

용선, 다른 테이블로 가버리고… 강산, 테이블 닦다가… 멈칫
한다.

강산   (자기도 모르게 씨익 웃는다) 가만…! 나 그날… 선우 씨 계좌를 봤잖
            아?!… 거기에 분명… 선우 씨가 산 종목이 있었을 텐데…

            강산, 생각하다가 기억이 안 나는지 고통에 몸부림치며 머리를
            헝클어뜨리고…
            강산, 좋은 생각이 났는지 "아!!…" 소리 내며 후다닥 밖을 나가
            버리고…

용선   (보는) 쯧, 옛날에 나 살던 동네에도 딱 저런 아가 있었는데… 감
            나무에서 떨어져 가꼬…

35. 최면 센터 / 낮
            어두컴컴한 방, 보라색 은은한 조명이 켜져 있고,
            1인용 안락의자에 눕듯이 앉아 있는 강산.
            최면 전문가가 강산에게 최면을 유도하고 있다.

최면 전문가   자, 이제 강산 씨가 가고 돌아가고 싶은 그날… 그날로 돌아갑니
            다… 하나…둘…셋!… (손가락 탁 튕기고) 자, 지금 어디에 있죠?
강산   (웅얼)… 그 남자 집이에요… 최선우 씨…
최면 전문가   최선우 씨 집이군요. 뭐가 보이죠?

강산	으음… 노트북이요… 선우 씨 거예요…
최면 전문가	자, 그럼 그 노트북을 한번 자세히 들여다볼게요. 천천히 화면을 봅니다.

<인서트>

선우의 HTS 계좌 잔고 2,045,200,000원.

강산	20억… 20억이 보여요! 나… 놀랐어요…
최면 전문가	네… 20억이 보이는군요. 자 이제 다 왔어요. 천천히 눈을 돌려… 강산 씨가 가장 보고 싶은 것을 볼게요. 종목… 보유 종목을 자세히 보세요. 하나…둘…셋!… (손가락 튕기는 소리)

<인서트>

강산의 시선이 보유 종목으로 옮겨지려는 그 순간, 누군가 강산의 어깨를 탁 잡는다.

강산	(깜짝 놀라) 허어!!! 누구세요!
최면 전문가	왜…왜 그래요? 누가 있죠?
강산	누가 내 어깰… 잡았어요… (하다) 엄…마?
최면 전문가	네?

강산, 눈을 감은 채 최면 전문가를 부둥켜안고 '꺼이꺼이' 울고 있다.

강산   엄마아~~~엄마! 가지 마~~

36. 옥탑방 / 낮

        진배, 혼자서 MTS를 보고 있다. 삼전의 주가가 300원 올랐다.

진배(E)   (화색) 올랐다!!! 나이스~!

        이번엔 인버스 ETF (KODEXO 200 선물인버스2X)의 주가를 확인하
        는데 600원이 떨어졌다.

진배(E)   (충격) 헉! 떨어졌잖아!! 곱버스라서 두 배로 떨어지네!

        또다시 100원 올라간 삼전의 주가를 확인하고 기뻐하는 진배.

진배(E)   옳지! 올라라 올라~ 삼전 파이팅!

        다시 200원 떨어진 인버스ETF의 주가를 확인하고 안색이 급
        어두워지는 진배.

진배(E)   아냐. 내려라 내려~ 곱버스 가즈아~!

        부지런히 양쪽을 확인하는 진배.

진배(E)	올라라. 아니 오르지 마. 올라라. 아니 오르지 마. (하다) 잠깐! 뭐지…? 이 혼란스러운 마음은? 이건 마치…

<상상 씬> 옥탑방

뮤지컬 지킬 앤 하이드의 'The Confrontation'이 시작되고 드라이아이스 안개가 깔린다.
머리를 반은 묶고 반은 풀어헤친, 코에 짙은 음영을 준 뮤지컬 메이크업을 한 진배.
붉은 조명에 악한 하이드, 노래를 시작한다.

하이드 진배	시끄러워 죽겠구먼~ 뭐라 지껄여 삼~전 십만 전자 간다고~

자막	인버스 ETF 주주.

푸른 조명에 선한 지킬.

지킬 진배	천만에! 넌 단지 인버스 허상! 계좌가 녹아서 없어질~ 조정장 끝나면 산산이 깨질~

자막	삼선전자 주주.

지킬 진배	(절규) 올라라~
하이드 진배	(절규) 아니야 오르지 마~
지킬 진배	(절규) 올라라~

하이드 진배	(절규) 아니야 오르지 마~
지킬 진배	알아 명백히 난 알아~ ♪
하이드 진배	그 어떤 이유라도 공존은 불가능해~♪

옥탑방에서 열창하는 진배의 모습에서…

37. 백화점 뒤 / 저녁

백화점 뒤편 직원 출입구에서 미서를 기다리고 있는 선우.
다른 직원들 우르르 퇴근하고, 이내 미서가 나온다. 선우, 살짝
손 흔드는데.
선우의 눈을 피하며 급히 방향을 트는 미서.

선우	미서 씨!
미서	(더 빨리 걸어가는) …
선우	미서 씨!

미서, 뛰기 시작하고, 쫓아가는 선우.

선우	(속상한. 미서 팔 잡고) 미서 씨! 왜 나 피해요.
미서	(어색) 어? 선우 씨네? 여긴 어쩐 일이에요?
선우	…잠깐 얘기 좀 해요.

38. 카페 / 저녁

말없이 커피만 마시는 미서. 시선은 여전히 딴 데 보고…
그런 미서가 답답하고 애가 타는 선우.

선우   미서 씨…

미서   (괜히 딴소리) 비 오려나? 되게 흐리네…

선우   미서 씨… 어제 편의점 앞에서 몰래 나 보고 갔죠?

미서   제가요~? (손사래) 아뇨~

선우   …갑자기 미서 씨가 절 피하는 이유… 저 알 것 같아요.

미서   (화들짝) 예? 안다고요?

선우   제가 그동안 너무 답답하게 굴었어요. 미안해요… 자신감 없고 확신 없는 제 모습에 실망했을 거란 거 알아요. 그래서 이젠 제대로 미서 씨에게 말해야겠다 생각했어요.

미서   예? 마…말하지 마요! 하지 마요!

선우   (고백하지 말라는 건가?) 미서 씨… 나한테 화 많이 났죠… 그래서 계속 날 피하는 거고.

미서   (무슨 얘기지? 아리송하지만) …그런 거 아니에요! 피하긴… 했지만… 화난 건 아니에요.

선우   그럼 왜… 피한 건데요? …말해 줘요.

미서, 갈등 되지만 여전히 입을 다물고 있고,

선우   (담백하고 솔직하게) 내가 하는 일이 변변치 않아서… 그게 싫어요? 아니면… 전과 있는 게 걸려요?

미서	(당황) 예? 그…그게 아니라…
선우	그것도 아니면, …최 서방 씨 때문인가요?
미서	에???
선우	…결혼까지 생각했던 사이니까… 이해해요. 하지만…
미서(O.L)	(눈 질끈 감고) 알고 싶어졌다고요!!
선우	??
미서	선우 씨의…
선우	(침 꿀꺽) …
미서	선우 씨의… 추천 종목이요!!
선우	…예?!
미서	선우 씨가 프랍 트레이더였던 거 알게 된 후로 선우 씨만 보면 자꾸 물어보고 싶어진다고요! 이 조정장에는 대체 뭘 사야 되는지!! 근데 그러면 안 되는 거잖아요! 선우 씨를 이용하는 거니까!! 그래서…
선우	…그래서 날 피한 거예요?
미서	네…
선우	(안도) 하… 그런 거였어요? 난 또…
미서	아, 종목은 절대! 말해 줄 필요 없어요! 저는 그런 사람 아닙니다!! 저…저 먼저 가 볼게요! 배달이 들어와서!
선우	지금요?
미서	(끄덕 끄덕)
선우	(피식 웃는) 비 온다니까 자전거 조심해서 타요.
미서	제…제가 알아서 할게요! 종목도 제가 알아서 할 거고요!

후다닥 도망가는 미서. 그런 미서를 보며 선우 피식 웃는다.

39. 선우 아파트 입구 / 밤

선우, 미서 생각에 잠시 미소 짓다가 저 멀리 있는 강산을 발견하고 표정이 굳는다.
선우, 고개 푹 숙이고 얼른 지나쳐 들어가려고 하는데…

강산   (선우 발견) 어! 선우 씨!!

선우, 갑자기 전속력으로 달리기 시작하고, 강산도 아파트 안으로 따라 들어간다.
엘리베이터 안으로 쏙 들어가 닫힘 버튼을 누르는 선우.

강산   선우 씨!! 딱 하나만 알려 줘요!! 네?! 저 물타다가 대주주 되게 생겼어요!!
선우   전 종목 추천 안 한다니까요!

강산, 좀비처럼 달려들고, '탁탁탁탁!' 급박하게 닫힘 버튼을 누르는 선우.
아슬아슬하게 엘리베이터 문이 닫힌다.

40. 엘리베이터 안 / 밤

엘리베이터 안. 무사히 강산을 퇴치한 선우가 안도의 한숨을 내쉬고…

41. 선우 집 거실 + 현관 / 밤

집에 들어온 선우, 이중 잠금장치를 건다. 밖에는 비가 내리고 있다. 그때, '띵똥! 띵똥!' 초인종 연달아 울리고.

선우   뭐야 이 시간에…

선우, 뭔가 불길한 예감에 조심스럽게 다가가 인터폰 화면을 보는데 흠칫 놀란다.
'기생충'의 이정은처럼 비에 젖은 우비를 입은 행자가 기괴한 미소를 지으며 서 있다.
계속해서 '띵똥띵똥' 누르는.
행자인지 아닌지 긴가민가한 선우, 인터폰을 연결한다.

선우   (경계) 누구세요.

행자(E)   (떨리는 목소리) 어머~ 안녕하세요. 선우 씨… 저 정행자예요. 흐흐흐흐흐…

선우   뭐 땜에 그러시죠, 이 시간에?

행자(E)   (떨리는 목소리) 밤늦은 시간에 정말 대단히 죄송합니다. 다른 건 아니고요~ 제가 선우 씨 집에 제 물건을 깜박 놔두고 온 게 있어 가지고요~ 제가 저번에 워낙에 급하게 쫓겨났거든요… 경황도 없이… 문 좀, 열어 주시겠어요?

CUT TO

현관문만 '빼꼼' 연 선우, 잔뜩 경계하는 표정이다.

행자   (기분 나쁜 미소) 선우 씨!
선우   …뭘 두고 가셨는데요? 제가 갖고 나올게요.
행자   (희번득) 흐흐흐… 선우 씨의 추천 종목을…

'쾅!' 행자의 말이 끝나기도 전에 닫힌 현관문.
지친 듯 소파에 털썩 앉는 선우.
그때, '띠링' 울리는 카톡, 확인해 보니 예준이가 보낸 곰돌이 인형 사진.
'곰 인형 만 원에 사실래요?! 물타기 현금 확보 중입니다'
예준이 너 마저… 고개를 절레절레 젓는 선우.

선우   다들 미쳤어…

선우, 노트북으로 뭔가를 검색해 본다. 스크롤 내리며 심각한 표정.

선우   다들 심각하네… (모니터 보고) 어?…

뭔가를 발견한 듯, 놀란 선우, 곧 어딘가로 전화를 건다.

선우   (신호 가고) 아! 거기 혹시…

42. 몽타주 / 밤

행자, 족발집 마감 시간. 떨면서 '팽!!' 코를 풀고, 카톡을 확인한다.
진배, 돋보기 쓰고 주식 책 읽다가 카톡을 확인한다.
강산, 옥탑방에서 새파란 주식 창을 놓고 명상 요가를 하다가 카톡을 확인한다.
예준, 방에서 돌돌이로 곰돌이 먼지 떼다가 카톡을 확인한다.
미서, 배달 자전거를 끌고 걷다가 카톡을 확인한다.

미서   (읽는) 조정장에 지친 여러분…
선우(E)   미흡하지만 전직 프랍 트레이더로서 제안 하나 드립니다.

43. 몽타주 / 밤

동 트기 전 어두운 새벽. 아무도 없는 으슥한 도로에 낡은 봉고차 한 대가 선다.
가장 먼저 강산이 말없이 봉고차에 올라탄다.

선우(E)   손실을 만회하기 위해 여러 가지 방법을 써 보셨겠지만 저희에게 남은 방법은 이것뿐인 것 같습니다.

강산이 타고 뒤이어 진배도 같은 봉고차에 올라탄다.
행자, 미서도 각자의 집 근처에서 봉고차에 올라탄다.
멤버 모두 모든 걸 체념한 영혼 없는 표정이다.

선우(E)　　　이곳에 가면 답을 얻을 수 있을지 모릅니다.

안개 속으로 유유히 사라지는 낡은 봉고차에서…

<9부 끝>

주식 성공투자의 지름길
상한가로 슛가

EPILOGUE

9

아는 만큼 보이고
보이는 만큼 번다?

#야, 너두 차트 볼수있어

#1. 숙가 유튜브 전용방

숙가, 개인 방송 화면이 보이는 방구석 한편에서.

숙가   여러분 안녕하세요. 상한가로 숙가의 숙가입니다. 오늘은 정말
재밌는 주제네요. 주식 투자를 하게 되면 원하든 원치 않든 꼭
보게 되는 그것! 바로 차트 이야기입니다. '주식 차트! 야, 너도
볼 수 있어!'를 준비했습니다.

#2. 진배 집, 서재 안 & 숙가 유튜브 전용방 / 밤 (교차 편집, 화면 분할)

서재에서 모니터 화면을 보고 있는 진배.

진배   야! 나도 볼 수 있다~ 굿굿! 굿이에요~!

(CG) 캔들 / 이동 평균선 / 거래량 멘트에 맞게 발생

> **주식 차트! 너도 볼 수 있어!**
>
> 1. 캔들
> 2. 이동 평균선
> 3. 거래량

숙가   오늘은 딱 세 가지만 말씀드리겠습니다. 첫 번째 캔들이라는 거
고요. 두 번째 이동 평균선, 세 번째 거래량입니다.

댓글 '정말 알기 쉽게 설명해 주는 채널이당', '주제만 듣고 구독 누르고 갑니다', '공부할 준비 끝', '그래서 내가 마이너스인가?!', '빨간 건 좋은 거, 파란 건 나쁜 거 알면 되는 거 아냐?!'

(CG) 캔들 이미지, 봉차트 이미지 (별첨1) 발생

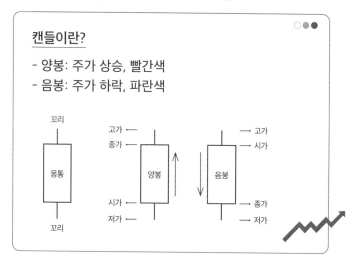

숙가   자, 캔들이라고 합니다. 바로 이런 이미지라고 할 수 있습니다. 봉차트라는 건 주가의 움직임을 막대 모양으로 표시한 거예요. 어려워할 필요 없습니다. 빨간색이면 그날 주가가 올라간 거고요 파란색이면 그날 주가가 하락한 겁니다. 빨간색 봉은 올라가는 봉, 파란색 봉은 내려온 봉이라고 볼 수 있습니다. 보면, 시가, 종가, 고가, 저가라는 얘기가 나오는데요. 시작한 가격, 끝난 가격, 가장 높았던 가격, 가장 낮았던 가격 4개를 표시한 게 봉캔들이라고 할 수 있습니다. 그럼 코스피 차트를 한번 살펴보겠습니다.

(CG) 코스피 차트 이미지 (별첨2) 발생

숙가　이제 캔들을 알았는데 이렇게 선들이 있어요. 선이 하나도 아니고 여러 개 있습니다. 심지어 색깔도 달라요. 이 선을 뭐라고 그러냐? '이동 평균선'이라고 합니다. 영어로는 Moving Average, MA라고 많이 써요. 평균을 이어 붙이다 보니까 마치 무빙하는 것처럼 보인다. 그래서 우리가 Moving Average, 이동 평균선이라고 부르죠. 우리가 보는 거의 모든 주식 차트에는 기본적으로 이동 평균선이라는 평균을 연결한 선이 그려져 있습니다.

자, 그럼 왜 그럴까요? 그만큼 많은 사람들이 이 이동 평균선을 중점적으로 보고 있고 그걸 원하기 때문입니다. 왜냐하면 사람들은 이 차트를 보면서 과거의 주식이 어떤 흐름, 어떤 궤적을 그려 왔는지 확인하기를 원하는데 이동 평균선이 그 궤적을 가장 잘 표현해 주고 있기 때문이죠. 여기서 정말 중요한 힌트가 나왔습니다. 사람들이 이 차트를 많이 보고 있다면 그것에 따라서 가격이 움직일 가능성이 굉장히 높다는 걸 얘기합니다. 많은 사람들하고 같이 움직이면 오를 때는 같이 올라가고 빠질 때도 같이 빠져서 피할 수 있겠다는 생각을 많이 하기 때문입니다. 그런 의미에서 모든 사람들이 보는 차트에 그려져 있는 이동 평균선은 차트를 보는 데 가장 기본적인 방법이라고 할 수 있습니다. 그러면 이동 평균선을 조금 자세히 보겠습니다.

(CG) 단기, 중기, 장기 이평선 보충 설명 자막 (별첨3) 발생

이동 평균선 종류

- 단기 이평선: 5일선(초록색), 20일선(빨간색)
- 중기 이평선: 60일선(노란색)
- 장기 이평선: 120일선(보라색)

숙가   아니 선이 하나인 것도 아니고 여러 개예요. 색깔도 달라요. 왜 다 다르냐? 어떤 분들은 5일의 평균을 보고 싶어 하고, 어떤 분들은 20일의 평균을 보고 싶어 하고, 어떤 분들은 더 긴 60일, 120일의 긴 평균을 보고 싶어 하는 분도 계십니다. 사람마다 기준이 다르기 때문에 선을 여러 개를 표시해 놓는 게 굉장히 일반적인 일입니다. 그리고 약간 심화 과정이 있는데요.

(CG) 골든크로스, 데드크로스 이미지 (별첨4) 발생

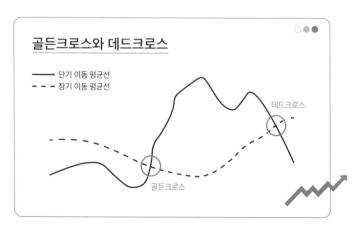

슈가	이런 단기 평균이 장기 평균보다 치고 올라갈 때가 있습니다. 이 말인즉슨, 이 기업이 장기적으로는 옆으로 횡보하며 좀 안 좋았는데 최근에 단기 평균이 치고 올라간다? 그러면 기업에 호재가 있거나, 이 기업의 방향이 바뀌었다고 생각하는 분들이 많이 있습니다. 그래서 오죽하면 이름도 붙였어요. '치고 올라가니까 너무 좋아~' 여기다 '골드'를 붙였습니다. 바로 '골든크로스'라고 얘기합니다. 얼마나 좋았으면 골든크로스겠습니까?

그런데 골드만 했으면 좋겠는데 안 좋을 때도 있어요… 장기 추세는 막 올라가는 것 같았는데 단기 추세가 막 아래로 내려가면서 거꾸로! 아래로 뚫고 내려가는 모습의 주식들이 있습니다. 그걸 바로 '데드크로스'라고 합니다.

물론 그렇다고 해서 꼭 안 좋은 건 아니에요. 단기적으로는 언제나 흐름이라는 게 있으니까 항상 말씀드렸듯이 확률적인 내용이기 때문에 그럴 수도 있다는 걸 마음에 염두하고 항상 보조적으로 생각하면 될 것 같습니다.

그리고 마지막입니다. '주식 차트 얘기하니까 재밌지만 너무 머리가 아프고 복잡하다~' 이거는 알아두시라고 마지막으로 하나 말씀드리겠습니다.

(CG) 거래량 (별첨5) 발생

슈가	주식 차트 아래를 보면 뭔가 선이 하나 그어져 있고 이싱헌 막대기들이 옆에 쫙 나열돼 있습니다. 이게 바로 거래량이라는 겁니다. 주식은 파는 사람과 사는 사람이 만나면 거래가 되죠. 한

주 거래 체결이 되면 그걸 1거래량이라고 합니다. 이렇게 주식이 체결되는 수량이 많을수록 거래량이 늘어나겠죠.

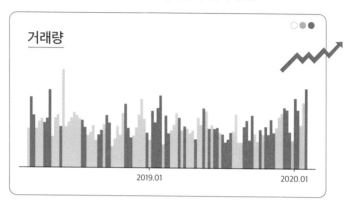

진배, 영상 시청하다가 채팅 창에 질문을 적는다.

진배   가만있어 보자… 그렇다면…

(CG) 채팅 화면 '주식은 육십부터', '거래량이 많으면 주가가 오른다는 건가요?'

숙가   거래량이 많다는 건… 내가 사려면 누군가 팔아야 합니다. 내가 팔려면 누군가 사야 해요. 그 말인즉슨, 어떤 기업의 변곡점에서 사람들의 생각이 많이 갈렸다는 걸 뜻합니다.

(CG) 거래량 (별첨5) 발생

숙가   그렇기 때문에 아래에 체결 수량이 많아지고 많은 사람들의 의

견이 갈라지고 뭔가 중요한 가격대, 중요한 날짜에는 거래량 봉의 길이가 굉장히 길어지겠죠. 그럼 '거래량이 폭발했다'는 표현을 씁니다. 이렇게 거래량이 많은 날에는 '뭔가 의미가 있지 않을까?'라는 생각으로 우리가 받아들이면 투자할 때 큰 도움이 되지 않을까 생각해 봅니다. 이제 실제 차트를 한번 보겠습니다.

(CG) 삼성전자 차트 (별첨6) 발생
(*사전 내용 바탕으로 차트 분석)

숙가 여러분이 사랑하는 바로 우리나라 국민 주식 S전자 주식입니다. 위에 보시면 시, 고, 저, 종 이런 말이 있네요. 시는…? 당연히 시가겠죠! 고는 고가, 저는 저가, 종은 종가입니다.
또 위에 보면 일, 주, 월이라고 있습니다. 봉 하나가 원데이, 하루로 볼 거냐, 이 봉 하나를 일주일 치로 볼 거냐, 이 봉 하나를 한 달로 볼 거냐! 어떤 걸로 보는 게 일반적입니까?
물론 일반적으로는 '일봉' 하루하루를 하나의 봉으로 놓고 보는 게 일반적입니다. 하지만 여러분이 정말로 차트를 보고 거기에 따라 투자하고 싶은 분들은 주봉과 월봉도 확인하는 게 필요합니다. 신기하게도 일로 볼 때와 주로 볼 때와 월로 볼 때가 다르게 보이는 경우가 있기 때문입니다. 여러분도 살펴보면 느낄 수 있을 겁니다.

자, 파란 거는 하락이라고 그랬습니다. 우리 S전자… 파란색 봉이 많네요. 제 계좌가 녹고 있는 모습이 그대로 보이고 있는데 중간중간 빨간색 봉도 보이죠? 그날 가격이 올랐다는 뜻입니다. 그리고 보면 색깔이 다른 선 4개가 보이고 있습니다. 이게 아까 말씀드렸던 이동 평균선! 정말 이동하는 것처럼 보이지 않습니까?

가장 봉에 가까이 붙은 녹색 선이 5일 평균선입니다. 조금씩 멀어질수록 20일 평균선, 60일 평균선, 120일 평균선 이렇게 나뉩니다. 보면 알겠지만 기간이 길어질수록 선의 움직임이 굉장히 부드럽게 가는 걸 알 수 있습니다. 당연하겠지만 길게 봐서는 변동성이 적기 때문이죠. 그래서 기간이 짧은 선이 기간이 긴 선 위로 올라간다면 골든크로스라고 부르고요, 반대로 아래로 내려간다면 데드크로스라고 부릅니다. 우리 S전자… 조금 내려가고 있네요? 하지만 모든 게 차트를 따라가는 건 아니기 때문에 다시 한번 불끈불끈 올라가는 것을 믿어 의심치 않습니다. 올라가야 돼요…

지금까지 차트의 얘기를 들어봤습니다. 하지만 아까도 말씀드렸듯이 차트는 그저 주식의 과거일 뿐입니다. 많은 투자자들은 차트를 아예 안 보는 분도 계세요.

차트보다 더 중요한 건 이 기업의 펀더멘털, 기업의 미래, 비전, 이 기업이 지금까지 실적이 어떻게 됐는지 미리 알고 내 마음을 정한 다음에 차트를 보면서 내 마음에 확신을 더하든지 아니면 매수, 매도할 지점을 찾는 보조 자료로 활용하는 게 정석이지 않을까 생각합니다.

오늘은 여러분이 좋아하는 차트 얘기를 했는데요. 여기까지 하고 저는 쉭! 가 보겠습니다. 안녕~

진배   아이고, 힘들다~

방송 종료되는 화면 효과.

10부

멈추면, 비로소 보이는 주식

1. 산 일각 / 새벽

　　　아직 컴컴한 새벽. 으슥한 산길을 오르는 봉고.

2. 봉고차 안 / 새벽

　　　창밖을 내다보는 긴장한 얼굴의 진배, 행자, 강산, 미서.

진배　　　저… 기사님, 목적지가 어디지요? 아직 멀었나요?
기사　　　(무표정한 얼굴) …다 왔습니다.

　　　괜한 긴장감에 침을 꼴깍 삼키는 일동.

3. 사찰 입구 주차장 / 새벽

　　　봉고차에서 모두 내리고.
　　　사찰이 보인다. 당황하는 일동.

진배	여긴…
행자	…절?!!

그때, 맞은편에 주차된 차에서 선우가 내려 걸어온다.

선우	다들 오셨네요.
미서	선우 씨!
행자	여기 뭐야? 웬… 절?
선우	오늘 하루 여기서 템플스테이를 하실 겁니다.
일동	템플…스테이…?!!!
선우	다들 하락장에 정신을 못 차리시고… 이성을 잃으셨죠. 저에게 추천 종목을 알아내려고 발악을 하셨고… 아마… 과도한 물타기를 하거나 위험한 인버스를 타셨을 걸로 예상됩니다.
일동	(시선 피하며 딴청) …
선우	투자의 성공은 테크닉이 아니라 99% 마인드에 따라 결정된다고 봅니다. 내 마음 상태, 욕심의 정도에 따라 결국 주식 테크닉의 선택과 강도까지 조절하게 돼 있으니까요.
행자	그래서… 절에…?
선우	네. 여러분은 잠시 주식과 떨어져 자신의 모습을 되돌아 볼 시간이 필요합니다. 디지털 디톡스를 하며 마인드 훈련을 하셔야 해요.
일동	(끄덕끄덕)
진배	하… 좋죠. 좋은데요… 지금은 그럴 때가 아니에요! 우리가 얼마나 초조하고 불안한데! 선우 씨 같은 프로는 우리 맘 모르겠

선우(O.L)	지만… 압니다 저도! 아무 근거 없이 피어오르는 들뜸과 꿈. 손절매에 대한 공포. 급한 마음에 비이성적인 선택을 거듭하는 악순환.

<플래시백>

-9부 #33 인버스에 올라타는 진배와 행자

-9부 #39 선우 집 문 열려고 광기 어린 눈 된 강산

-9부 #41 선우 집 앞, 인터폰 화면 속 기괴한 행자

선우(E) 하지만 전 여러분이 '역시 주식은 도박이야.'라는 결론을 내고 주식 시장을 떠나지 않길 바랍니다. 우린 한 배를 탄 투자 동료니까요…!

일동, 선우의 말에 설득되고 살짝 감동까지 받은 얼굴이다.

선우 그럼, 들어가시죠.

일동, 선우를 따라간다.

사찰 전경에 타이틀 뜬다.

<타이틀>

- 멈추면, 비로소 보이는 주식 -

4. 대웅전 안 / 아침

회색 생활한복으로 갈아입고 앉아 있는 스터디 멤버와 일반인 3명.
그때, 큰스님(70대)과 스님1(40대)이 들어온다.
모두 일어나 합장 반배로 인사한다.

큰스님   잘 오셨습니다. 여러분. 속세에서 큰 괴로움을 겪고 마음의 평안을 찾기 위해 이곳을 찾았다고 들었습니다.

일동   (숙연) …

큰스님   짧은 시간이지만 속세와 멀어져 나 자신을 되돌아보는 값진 시간을 가졌으면 좋겠습니다.

일동   네, 스님…

스님1   자, 모두 핸드폰을 끄고 제출해 주세요.

            다들 아련하게 증권사 앱 아이콘을 보다 비장하게 핸드폰 전원을 끄고.
            스님1의 바구니에 핸드폰을 넣는다.

5. 절 식당 / 아침

타종 소리(E)   딩…

진배(E)   (대하 사극 성우 톤) 발우공양.

자막   발우공양(鉢盂供養).

10부   멈추면, 비로소 보이는 주식 아침 공양 시간. 식당에 들어서자 예준이가 기다리고 있다.
진배에게 손 흔드는.

CUT TO

미서, 깨작대고 있는데, 옆자리에 앉은 예준이는 밥을 맛있게 먹고 있다.
미서의 옆에 예준, 행자, 강산이 앉아 있고.
저 멀리 떨어져 있는 선우를 힐끔 보는 미서, 얘기 나누고 싶은데 조금 아쉽다.

진배	(작게) 예준아, 집에는 얘기하고 왔니?
예준	(작게) 네 뭐… 걱정 마세요.

남은 단무지 한 조각으로 그릇까지 싹싹 닦아 먹는 예준.

진배	그렇게 맛있니?
예준	네. 엄마가 잔소리를 안 해서 그런지 밥맛이 꿀맛이네요. 헤헤… 저 절 체질인가 봐요~
진배	(짠한) 한 번 더 갖다 먹어라.

예준, 밥과 반찬을 더 퍼 와서 굶은 아이처럼 허겁지겁 먹는다.
그 모습을 유심히 보는 큰스님… 갸웃한다.

6. 산길 / 낮

타종 소리(E)	댕…
진배(E)	(대하 사극 성우 톤) 포행.

자막   포행(布行).

주린이 멤버들과 일반인 손님 3명, 스님1과 함께 산길을 오르고
있다.
앞서 걸어가고 있는 선우를 바라보는 미서.
미서의 시선에 보이는 선우의 워킹이 멋지다.

미서(E)   개량 한복 핏 뭐야… 왜 저런 것도 잘 어울려…
스님1   여기 공기가 너무 좋지요? 낮에 하는 포행도 좋지만 밤에는 쏟
아질 듯 많은 별을 볼 수 있습니다. 운 좋으면 유성도 볼 수 있고
요. 자, 묵언 포행을 하시며 나 자신과 깊은 마음의 대화를 나눠
보세요.

미서, 별 얘기에 선우를 쳐다본다.

미서(E)   별… 같이 보고 싶은데.
행자   (헐떡이며 작게) 임종 체험하러 가다가 진짜 임종하겠다.
미서   (웃는)

타종 소리(E)	댕…
진배(E)	(대하 사극 성우 톤) 임종 체험.

자막   임종 체험(臨終體驗).

스님1과 템플스테이 체험자(스터디 멤버와 일반인 손님 3명)들이 모여 있다.
바닥에 임종 체험을 위한 나무로 만든 관이 두 개 놓여 있다.

스님1   죽을 때 가지고 갈 수 없는 것에 집착하며 사는 사람은 죽음에 대한 두려움이 점점 커져 임종을 편하게 맞지 못하게 됩니다. 관 속에서 무엇에 대한 집착을 버릴지 생각하며, 해탈의 시간을 가지십시오. 먼저 강명숙 님?

50대 여성이 첫 번째 관에 들어가 눕는다.

<시간 경과>
스님1이 유언장을 읽고 있고, 모두가 슬픈 얼굴로 관을 바라보고 있다.

스님1   …남은 모든 재산은 사회에 기부해 주시고 육신은 장기 기증하고 화장해서 강에 뿌려 주세요. 마지막으로 사랑하는 내 딸 초롱아… 엄마 딸로 태어나 줘서 정말 고마웠다… 이 세상에 사랑보다 중요한 건 없단다. 사랑하며 살아라.

절절한 유언을 들으며 눈물이 고이는 스터디 멤버들과 일반인 손님 둘.
스님1, 관 뚜껑을 닫는다. 이내 관 안에서 여성의 울음소리가 들린다.
두 번째 관 속에 누운 행자만 뭔가 좌불안석.

스님1   강명숙 님은 가볍고 편안한 마음으로 성불하셨습니다. 이제 정…행자님?

행자, 불편한 표정으로 다급하게 상체를 일으킨다.

행자   스님… 저 말고 다른 분부터…

스님1, 아랑곳 않고 지그시 행자의 이마를 눌러 다시 관 속에 넣는다.

스님1   우리 곁을 떠난 정행자 보살의 유언장 낭독하겠습니다.
행자   (할 수 없이 눈 질끈 감는) 낭독만은 제발…
스님1   사랑하는 우리 딸 예림아… 이렇게 황망히 먼저 가서 미안하다. 엄마가 우리 딸한테 꼭 해 주고 싶은 말이 있는데…
일동   (슬픈 얼굴로 경청하는)

수치심에 눈 질끈 감은 행자의 모습 위로, 스님의 목소리가 행자의 목소리로 오버랩된다.

행자(E)   삼전은… 주가 빠질 때마다 꼭 추가 매수하렴. 2차 전지의 미래는 밝으니까 배터리 3사도 놓치지 말고… 그리고… 엄마처럼 미련하게 살지 말고… 아끼면 똥 되니까… 다 쓰고 죽어라.

저렴한 욕망덩어리 유언장 내용에 부끄러워 얼굴 시뻘게진 행자.
손님 3명도 어리둥절, 멤버들도 스님 눈치 보며 창피해 한다.

스님1   마지막으로…
일동   (뭔가 기대) !!!
행자(E)   미수랑 신용 쓰지 마라. 엄마 말 흘려듣지 말고, 잊지 마. 돈이 최고다. 똥구멍에서 금덩이가 나와도 투자는 해야 돼! 그럼 성투 성투 성투…

민망해 죽을 것 같은 행자.
반쯤 닫혀 있던 관 뚜껑을 스스로 닫는다.
비슷한 유언장을 작성한 멤버들, 모두 동시에 유언장을 구겨 버리는.

진배   저희는 아…안 해도 될 것 같습니다. 하하하…

타종 소리(E)	댕…
진배(E)	(대하 사극 성우 톤) 스님과의 차담.

자막	스님과의 차담(茶啖).

작은 소반을 사이에 두고 큰스님과 마주 앉아 있는 진배.
큰스님 옆에는 죽비가 놓여 있다. 죽비를 세 번 치는 큰스님.

큰스님	차담을 시작하겠습니다.

큰스님, 우러난 차를 따라서 진배에게 내어 준다.
차를 받는 진배, 스님과 합장하고. 차향을 맡아 보고… 천천히
한 모금 마신다.

큰스님	이곳에 와 보니 어떻습니까?
진배	좋습니다. 산새의 지저귐… 맑은 공기… 연잎차 향까지…
큰스님	(미소) 그렇습니까? 그런데 보살님 얼굴엔 번뇌가 보입니다. 말씀해 보십시오.
진배	(망설이디)…주식을 시작했는데 하다 보니 점점 마음이 괴롭습니다.
큰스님	흠… 주식이요. 돈이 생각대로 벌리지 않는가 봅니다.
진배	아, 돈 때문에 시작한 것은 아닙니다. 평생 교편을 잡다가 정년

퇴직을 하고 나니… 할 줄 아는 것도 없고 마치 제가 쓸모없는 존재가 된 거 같더라고요. 그래서 활력도 되찾고 나도 뭔가 해낼 수 있다는 걸 보여 주고 싶었는데… 제 맘 같지 않네요.

큰스님   그렇지요. 인간의 마음이라는 게 참 간사합니다. 처음엔 재미로 시작했는데 하다 보면 자꾸 돈을 좇게 되고. 욕심이 생기고.

진배   …맞습니다… 자꾸 욕심이 생깁니다… 제게 깨달음을 주십시오. 스님. 제 어리석음을 따끔하게 꾸짖어 주십시오.

큰스님   따끔하게? (고개 끄덕이며 미소) 보살님의 번뇌와 고통은… 주식으로 잃은 재물 때문이겠지요. 하지만 잘 생각해 보십시오. 그 일이 오늘도 보살님을 힘들게 하고 있습니까?

진배   네… 아주 죽을 맛입니다. 아마 지금도 떨어지고 있을 겁니… (하는데) 악!!!

"촥!!" 죽비로 진배의 어깨를 내려친 큰스님.
놀란 진배, 의외로 아프다.

진배(E)   …아프다.

큰스님   돈을 잃은 건 이미 지나간 일이거늘, 왜 지나간 일로 힘들어 합니까?

진배   죄송합니다… 그 잃은 돈이… 제가 힘들게 모은 비상금이라… (하는데)

"촥!!" 죽비로 또 진배의 어깨를 내려친 큰스님.
아파서 정신 바짝 드는 진배.

큰스님	오늘 당신을 힘들게 한 건 당신 자신입니다.
진배	스님 말씀이 맞습니다. 그렇지만 퍼렇게 물든 계좌를 보고 있으면 제 알량한 자존심이… (죽비 "촥!!" 아프다)

말할 때마다 "촥!!" "촥!!" 죽비로 계속 맞는 진배. (컷컷)
죽비를 든 큰스님 보고 진배, 본능적으로 움찔. 가드를 올린다.

진배	(가드 올린 채) 무소유의 삶을 살겠습니다! 공수래공수거!!

큰스님, 그제야 죽비를 내려놓고 보살 미소를 짓는다.
마주 앉은 진배의 눈가가 촉촉하다.

9. 대웅전 / 낮

타종 소리(E)	댕…
진배(E)	(대하 사극 성우 톤) 백팔배.

자막	108배(百八拜).

방석을 앞에 두고 서 있는 스터디 멤버들.
방석 앞에는 염주알과 끈이 놓여 있다.

큰스님	108배를 하면 모든 번뇌가 잊히고, 자기 자신을 비로소 바라볼

수 있게 됩니다. 그럼… 시작하시죠.

큰스님, 갖고 있던 죽비를 손바닥에 내리치며 시작을 알리자, 절을 시작하는 멤버들.
멤버들이 절을 한 번 할 때마다 스님이 말씀 한마디씩 해 준다.

큰스님   (멤버들이 절하자) 하나… 바다는 비에 젖지 않는다…

미서, 또 다시 자기도 모르게 앞쪽의 선우에게 눈이 가고.
선우가 '백팔배'하는 모습이 슬로 모션으로 보인다.

미서(E)   (고개 털어 내며 정신 차리는) 부처님 죄송합니다. 잠시 딴생각을…
            (절하는)

그 시각, 강산… 큰스님 말씀과 함께 절을 하는데…

강산(E)   그래… 물타다 보면… 바다가 돼서! 하락장 비에 젖지 않지…!

멤버들, 염주 알을 한 알 꿰고, 다시 절한다.

큰스님   둘… 영원한 것은 없다. 모든 것이 피고 지는 꽃과 같다…
강산(E)   (절하며) …그래… 영원한 건 없다… 곧 8만 전자, 10만 전자 간
            다…!

<시간 경과>

강산, 갓 태어난 새끼 기린처럼 다리를 후들거리며 절을 하고
있다.

큰스님   백하고 여덟… 탐욕으로부터 고통과 두려움이 생기는 것이다…

강산, 땀에 흠뻑 젖은 채 다시 절을 하려고 자세 잡으며 부처님
불상의 얼굴을 바라본다.
인자하게 자신을 바라보고 있는 모습… 그 모습이 흐릿해지는
강산의 시야.
강산, 절을 하는 그 순간!… 절을 하는 육체와 달리 강산의 영혼
이 두둥실 떠오르는… 어엇!!

<플래시백>
- 2부 #30 상황

태국의 게스트 하우스. 예수님 장발의 강산, 즐겁게 기타 치며
해맑게 웃던 모습.
강산의 영혼, 둥실 떠서 자신의 모습을 지켜보고 있다.
기타 치는 강산의 옆에서 박수 치던 외국인, 강산에게 말 건다.

외국인   (영어) 네 기타 멋지다.
강산   (영어) 고마워. 근데 내 거 아니야. 저스틴 거야.
외국인   (영어) 그래? 하하… 와우… 네 티셔츠 시원해 보인다. 어디서
         샀어?

강산	(영어) 아~ 이거? 마이클이 두고 간 거야.
외국인	(영어, 황당) …너는… 네 것이 없어?
강산	(영어, 해맑게) 응! 내 건 없지만 난 행복해! 자유롭거든!

신나게 기타 치는 강산을 쳐다보는 현재의 강산의 영혼, 생각이 많은 표정.

<다시 현재>

큰스님	끝입니다… 모두 정좌하십시오…

보면, 다들 땀을 뻘뻘 흘리며 다리 두드리고 앉아 있는 멤버들. 큰스님 눈에 염주를 목에 걸고 평온하게 합장하고 있는 강산이 들어온다.

큰스님	강산 보살님. 뭔가 깨달음을 얻으셨나 봅니다.
강산	스님… 전 갖고 있는 것이 아무것도 없을 때, 비로소 자유로울 수 있었습니다. 마음이 가볍고 행동에 거침이 없었지요.
큰스님	(뿌듯하다, 끄덕) 예.
강산	그래서… 앞으로 주식도 제 것이 아닌 남의 돈으로 투자해야겠다는 깊은 깨달음을 얻었습니다. 남의 돈으로 자유롭고 거칠 것 없이 가벼운 마음으로!
큰스님	(오잉?)
일동	(그거 아니야!… 고개 절레절레 젓는)
큰스님	강산 보살님. 그리고 여러분.

강산	예. 스님.
큰스님	108배… 한 세트 더 하셔야겠습니다.
일동	(탄식) 아~~

10. 절 일각2 / 저녁

자유 시간. 서 있는 선우. 카메라 팬하면 선우와 마주 보고 있는 예준이 보인다.

예준, 선우를 올려다보고 있고…

예준	선우 회원님은… 키가 커서 별도 더 잘 보이겠네요.
선우	(귀엽다, 웃음) …템플스테이 힘들진 않아?
예준	아뇨. 너무 좋은데요! 숙제랑 공부 안 해도 되고… (하다가) 그런데 선우 회원님은 언제부터 주식을 했어요?
선우	나?… 고등학교 때부터?
예준	…엄마 아빠가 반대 안 했어요?
선우	(끄덕) 뭐… 아버지는 증권사에 다니셨고, 어머니는 별로 신경 안 쓰셨어.
예준	(부럽다) …
선우	…부모님이 네가 주식하는 거 싫어하셔서?
예준	네… 싫어하세요. 공부해서 좋은 대학가는 게 더 성공하는 거래요.
선우	내가 생각할 땐… 자기가 좋아하는 일을 하며 사는 게 성공하는 것 같은데… 예준이는 제일 좋아하는 게 뭐야? 주식이야?

예준	음… 주식도 좋긴 하지만… 사실 우주가 훨씬 좋아요!
선우	그럼 우주 과학 쪽으로 나가는 게 좋지. 나도 어릴 때 우주 엄청 좋아했어.
예준	진짜요? 무슨 별 좋아해요?
선우	별은 아니지만… 가니메데? 망원경으로 보면 진짜 예쁘잖아.
예준	전 베텔게우스요!
선우	하하… 스케일 큰 거 좋아하는구나. (하다가)

선우, 멀리 미서를 발견한다.

자기도 모르게 미소 짓는…

예준(OFF)	좋아하죠?
선우	(놀라) 뭐?!!
예준	(훗) 미서 회원님 좋아하잖아요.

선우, 누가 들을 새라 예준이 입을 손으로 막고.

선우	아니야… 너 누구한테 그런 말하면 안 돼!

입막음 당한 예준, '꺄르르' 거리며 발버둥 치고…

한편 이 모습을 멀리 기둥 뒤에 숨어 지켜보는 큰스님.

큰스님의 눈에는 예준이 마치 괴롭힘 당하는 것 같다. 심각한 표정.

예준	가 보세요. 어린이는 이쯤에서 빠져 드리죠.

다른 방향으로 뛰어가는 예준.
선우, 미서에게 다가간다.
미서, 먼 곳을 바라보고 있다.

선우	무슨 생각해요?
미서	어?… 아 그냥. 여기 예뻐서요…
선우	미서 씨. (슥 다가가 속삭이는) 이따 10시에… 대웅전 앞에서 봐요.
미서	!!!!!

선우, 웃으며 미서를 지나쳐 간다.

#. 절 전경 / 밤

11. 숙소 남자 방 / 밤

나란히 이불 4개 펼쳐 있고, 마치 MT온 것 같은 분위기.
강산, 진배, 예준, 신나서 떠들고 있고, 선우는 초조하게 시계를
본다. 9시 40분.

예준	그냥 자기 아쉽네요. 우리 뭐 할까요?
강산	음… 무서운 얘기할까?

CUT TO

불 끈 채, 군대 때 겪은 무서운 얘기 들려주고 있는 진배.

진배   …초소에 서 있는데… 그 군복이랑 철모가 우리 거랑 영 다른
          거야.

강산   헉… 뭐야. 뭐야.

예준   (침 꿀꺽) …

진배   내가 누구요! 하니까 슥… 하고… 천천히 뒤도는데 그 이등
          병이…

선우(O.L)   (불 탁 키며) 바로 귀신이었다. 끝. 이제 잘까요?

강산   아 뭐야~ 재밌게 듣고 있는데 왜 분위기 깨요~

선우   (초조한) 새벽 네 시에 일어나야 하니까 이제 자야 될 것 같은데.

진배   난 원체 새벽잠이 없어서… 아무 때나 자도 네 시면 눈 떠져.

강산   저도 원래 올빼미족이라. 아 여기 너무 좋다~ 공기 좋고, 물 좋고
          ~! (창문 열고 별 보는) 와… 여기 별 쏟아진다, 진짜.

          갑자기 '적재 - 별 보러 가자' 흥얼거리며 노래 부르는…

강산   어디야 지금 뭐해?♪ 나랑~ 별 보러~ 가지 않을래~!

          박자에 맞춰서 박수 치기 시작하는 진배와 예준.
          마음이 타들어 가는 선우.
          강산, 손바닥을 펴고 진배를 향해 손을 뻗는다.

진배, 자연스럽게 바통을 이어받아 '안녕바다 - 별빛이 내린다' 부른다.

진배	별빛이 내린다~ 샤랴랄라라랄라~ 샤랴랄라라랄라~~♪ (예준 지목)
예준	반짝 반짝 작은 별~ 아름답게 비치네~ 동쪽 하늘에서도~ 서쪽 하늘에서도~♪ (선우를 지목하는데)
선우	(끝내야 한다) …대한 사람 대한으로 길이 보전하세~ ♪
일동	!!!
진배	(중얼) 애국가…?
선우	(화면 조정음) 삐이~
강산	4절이었어?

선우, 냉정하게 불을 '탁!' 꺼버리는.

선우	소등합니다! 모두 취침!

12. 숙소 여자 방 / 밤

이부자리 펼쳐져 있고, 이불에 앉아 있는 미서.
시계를 보는데 9시 45분이다.
행자, 세수하고 나와서 '찰싹찰싹' 아플 만큼 얼굴 때려 가며 로션을 바른다.
그러다 가만있는 미서의 얼굴에도 크림을 듬뿍 퍼서 발라 주는.

행자	발라. 발라. 미서 씨 나이부터 관리해 줘야 돼. (갑자기 운다) 크흡!… 나 왜 이래…
미서	또 왜 우세요…
행자	내가!… 젊어서는 이런 크림 하나도 살 돈이 없어 가지고! 목욕탕 아줌마들이 버리고 간 로션 공병 주워다가 칫솔로 긁어서 썼다고…!
미서	그래도 피부 좋으신데요 뭘…
행자	(갑자기 또 화색) 그치? 나쁘지 않지? 그 아줌마들이 쓰던 게 그래도 좋은 거였나 봐… 깔깔깔…
미서	네… 근데 안 주무세요…?
행자	어우… 나 예민해서 잠자리 바뀌면 잘 못 자. 큰일이야…
미서	(가슴 덜컹) …아 진짜요…

CUT TO

불 꺼진 방. 드르렁 드르렁 들리는 코고는 소리.
보면, 대자로 누워 자고 있는 행자.
미서, 눈감은 채 누워 있다가 눈을 뜨고… 행자가 완전히 잠든
것 같자, 슬며시 일어나려는 순간…
'탁!' 하고 미서의 손목을 잡는 행자.

미서	**엄마야!!!**
행자	(눈 감은 채) 어디가? 선우 씨가 몰래 만나재?
미서	아니… 그냥 바람이나 쐬려고…

행자   나 촉 좋아~ …좋을 때다~ 아우… 뜨끈하니 좋네…

행자, 미서 손을 놓더니 다시 '드르렁' 코를 골기 시작하고…
안도한 미서, 살금살금 방을 나간다.

13. 대웅전 앞 / 밤

선우, 미서를 기다리고 있다. 설레는 한편, 걱정도 되는 표정
이다.

선우   후…
미서(OFF)   선우 씨!

달려온 미서. 숨이 차다.

미서   미안해요. 많이 기다렸어요?
선우   (웃는) 아뇨. 춥죠?

선우, 미서에게 핫팩을 쥐여 준다.
미서, 핫팩을 만지작거리며 좋아하고…

선우   같이 별 보고 싶어서 부른 거예요.
미서   (마음이 통해 기뻐 배시시 웃는) …

선우와 미서, 같이 하늘 올려다보는데… 까만 하늘을 수놓은 은하수가 펼쳐져 있다.
선우, 대웅전 계단에 앉더니 자기 옆을 툭툭 치고,
미서, 선우 옆으로 가서 앉는다.

미서   (별 보며) 우와… 예쁘다.
선우   (별 보며) 네… 진짜 예쁘네요. 오늘 안 힘들었어요?
미서   …나름 재밌었어요. 이런 거 처음 해 봐서. 선우 씨는요?
선우   저도 좋았어요. 잡생각도 사라지고… 밥도 맛있고… 미서 씨랑
          이렇게 별 보는 것도 좋고. 그냥 미서 씨도 좋고.

미서, 놀라서 선우 쳐다보는데,
선우, 미서의 눈 피하지 않고 미서를 쳐다본다.
미서, 쑥쓰러워서 다시 고개 돌려 하늘을 바라본다.
둘, 잠시 말없이 별을 바라보는데 유성이 떨어진다.
벌떡 일어나는 미서.

미서   어! 방금 그거 별똥별인가?
선우   (일어나는) 그러네요.
미서   (눈 감고 소원 비는)

선우, 그런 미서를 가만히 바라보다가.

선우   미서 씨… 미안해요.

미서	네?… 뭐가…
선우	부산에서… 그렇게 미서 씨 남겨 두고 도망가 버린 거…
미서	아… 그날… 이제 괜찮… (하는데)
선우(O.L)	자신이 없었어요.
미서	(선우를 쳐다보고)
선우	난… 형편없는 사람인데… 이런 내가… 미서 씨 옆에 있어도 되는 건지… 그런데 이제는 그런 자격지심보다… 내가 미서 씨를 좋아하는 마음이 더 커졌어요.
미서	(놀라고) …!!
선우	(미서를 쳐다보며) …좋아해요. 미서 씨.
미서	!!!!

순간 바람이 '사락…' 불고.
웅장한 대웅전 앞에 마주 보고 서 있는 생활한복 입은 두 사람.
달은 비현실적으로 크게 둥실 떠 있다. 한 폭의 그림 같다.

미서(NA)	대웅전 앞에서 선우 씨한테 고백 받았다…

미서, 뭔가 말을 하려고 입을 떼는데…
그때, '애용애용!' 하는 사이렌 소리가 들리기 시작한다.

미서	…(입을 떼는데)
사이렌(E)	애용애용~~
선우	(잘 안 들린다) 네?!

10부   멈추면, 비로소 보이는 주식

미서	저는!
사이렌(E)	(귀 찢어지게 큰 소리) 애용애용~~
선우	(안 들린다) 네?!

그 순간, 둘의 얼굴에 비추는 손전등 불빛.

스님1(OFF)	거기 누구요!!
선우	…내려가죠. 나중에 다시 얘기해요.

두 사람, 포기한 채 범인처럼 천천히 두 손을 들고 대웅전에서
내려온다.

14. 절 주차장 / 밤

경찰차 와 있고, 경찰과 큰스님, 예준 모(母)가 서 있고.
그 맞은편에 미서, 선우, 행자가 죄인처럼 서 있다.
그때, 강산과 손잡은 진배, 예준이 걸어오고…

예준 모	(얼른 예준 데리고 오며) 임예준!!… (경찰에게) 이 사람들 유괴범이에요! 싹 다 잡아가세요!!
큰스님	어쩐지… 조합이 이상하더라고요. 어른 다섯에 아이 하나… 가족 같지도 않고… 애가 굶은 애처럼 밥을 얼마나 많이 먹던지… 애한테 무슨 입단속도 시키고!… 제가 다 봤습니다!
경찰	다 같이 서까지 가 주셔야겠습니다.

일동, 모두 당황하고… 예준, 속상한 표정으로 엄마 손잡고 따라
간다.

15. 경찰서 / 밤

책상 앞에 나란히 쭉 앉은 미서, 선우, 진배, 행자, 강산.
예준 모(母), 예준 손을 잡고 화난 채로 서 있고, 경찰은 황당한
표정으로 조서 작성 중이다.

경찰   그러니까… 주식 스터디고… 꼬마가 스터디 회장이고… 주식
         천재다?
미서   네! 저희 유괴범 아니에요!…
경찰   주식 스터디인데… 왜 절에…?
선우   이상하게 보이시겠지만… 스터디 활동의 일환이었습니다.
경찰   (황당) 그래도 미성년자인데… 부모님께 말씀은 드려야…
강산   …부모님한테 잘 말하고 왔다고 해서…
경찰   (예준에게) 꼬마야… 엄마한테 뭐라고 하고 왔어?
예준   (주눅) …영어 캠프 간다고…
예준 모   아니! 말이 돼요?!… 어른들이 애 말만 믿고 주식 스터디를 한다
         는 게?
경찰   어머니… 휴대폰 문자도 저희가 다 보고… 했는데… 이분들 말
         씀이 맞는 것 같습니다. 처음 스터디 모집한 것도 예준이고…
예준 모   (속에서 천불이 난다) 아휴 진짜!…

그때, 군복 입은(중사) 예준 부(父)가 경찰서로 들어온다.

예준 부	임예준!
예준	아빠…
예준 부	이놈의 자식이! (예준이 엉덩이를 때린다) 엄마 아빠를 속이고! 얼마나 걱정했는 줄 알아!!
행자	(달려와서 말린다) 이러지 마세요! 진정하세요!… (우는 예준이 껴안고)
진배	예! 말로… 말로 하십시오! 예준 아버님.

갑자기 아침 드라마처럼 격하게 싸우기 시작하는 예준 부모.
일동, 눈치 보며 이쪽저쪽 쳐다보기 바쁘다.

예준 부	당신은 애가 여기까지 와서 이러고 있을 동안 뭐 했어!!
예준 모	아니 애가 캠프 갔다고 거짓말을 하는데 내가 어떻게 알아! 내가 예준이만 봐?!… 애가 셋인데! 내 몸이 세 개냐구!!
예준 부	주식은 또 뭐야!… 애가 공부 안 하고 쓸데없는 짓 하는 걸 왜 모르고 있냐고! 맨날 옆에서 같이 있으면서!
예준 모	나도 할 만큼 했어!… 당신은 뭐 애들 챙겨나 봤어?! 맨날 이런 식이지!
일동	(일이 커졌다. 당황) …
경찰	여기서 싸우지 마시고요… 일단 애가 아무 일 없이 안전히 돌아왔으니까 집에 데려가세요… 꼬마야. 또 부모님한테 거짓말하면 안 돼. 알았어?
예준	(울면서) 네… 죄송합니다.

진배	저희가 죄송합니다… 예준이는 아무 잘못 없어요…
일동	맞아요… / 죄송합니다…
예준 부	당신들! 다시 한번 우리 애한테 접근하면! 그땐 가만히 안 있을 겁니다!

미서, 선우, 진배, 행자, 강산, 거듭 고개 숙이며 사과하고…
울면서 엄마 아빠 손에 끌려가는 예준.

16. 선우 차 안 / 밤

스터디 멤버들과 같이 선우 차로 동네까지 온 상황.
미서는 조수석에 앉아 있고, 뒷좌석에 진배, 강산, 행자가 타 있다.

선우	여기 내려 드리면 되죠?
진배	응 고마워. 다들 고생했네…
행자	잘 들어가요~
강산	굿 나잇~

진배, 행자, 강산이 차에서 내리고…
다시 출발하는 선우의 차. 미서와 선우 둘만 남겨졌다. 핸드폰 보는 미서.

미서	이게 무슨 난리인지 모르겠네요…
선우	그러게요… 예준이 걱정되네…

둘, 어쩐지 어색한 분위기…

선우   미서 씨… 아까… (하는데)

미서(O.L)   꺅!!

선우, 놀라서 미서를 쳐다보면… 미서, MTS를 보고 있다.

미서   (패닉) 아 진작 켜 볼 걸!!! 이게 뭐야…

선우   주식 때문에 그래요?

미서   (들리지 않는) 아이씨!!… 아… 팔았어야 했는데!… 손절할 걸!!!! (탄
            식) 아… 절에 있느라고… 보지도 못하고…

선우   (눈치 보인다) …

미서   (울상) 내 돈~~ 하… 어제라도 팔 걸~~

선우   많이… 떨어졌어요?

미서   네… 폭삭… (한숨 푹) 이건 무슨 자선 사업가도 아니고…

선우   …미안해요.

미서   (보는) 선우 씨가 왜 미안해요…

선우   …그냥. 템플스테이 데려가서…

미서   하아… 여기서 내려 줘요!… 좀 걸어야겠어요. 먼저 갈게요.

미서, 문 '쾅!' 닫고 내리고.
선우, 아쉬움이 얼굴에 스친다.

17. 미서 집 / 밤

미서, 노트북 앞에서 고뇌에 빠진 얼굴…

미서(E) 하아… 손실 난 거 어떻게 복구하지…?

그때, 뭔가를 보고 '이거다!' 싶은 표정의 미서.
'스캘핑으로 5분 만에 월급 벌기!', '한 달 연봉 1억 초단타의 신',
'지금 당장 회사 그만두세요! 단타로 먹고 살 수 있습니다!' 자극
적인 섬네일에 홀렸다.

미서 …스캘핑? 초단타…?

미서, 섬네일 하나를 눌러 본다. 영상 속 소란스러운 유튜버의
목소리가 나온다.

유튜버(E) 자, 돌파 매수 성공! 으아~ 가즈아~!! 45만 원 잘 먹겠습니다. 야
미야미~~!

미서, 영상을 보고 침 '꿀꺽', 완전 홀린 표정.

미서 !! 나도… 해 볼까…?

CUT TO

캐시 우드처럼 까만 뿔테안경을 쓰고 노트북으로 주식 차트를
보고 있는 미서.

미서(NA) 거래량이 많은 그날의 급등 종목을 공략해야 한다.

미서, HTS에 오늘의 급등주 카테고리를 클릭한다.

미서(NA) 급등하는 종목이 잠깐 쉬어 가는… 순간적인 눌림목에서 매수!

그렇게 몇 번을 하더니… 실현 손익이 난다. (160달러)

미서 헐… 십분 만에 19만 원…?!

18. 몽타주 (며칠 동안 단타 치는 미서) / 밤

다음 날. 옷이 바뀌어 있는 미서.
미국 동전주(게임즈스탑. 티커: GMST)로 단타를 친다.
음봉을 보고 매수하고, 지정가를 더 올려 자동 매도를 건다.

미서(NA) 오늘은 동전주! 2% 수익 나면 무조건 익절. 내 시나리오대로
가지 않는다 싶거나 3% 이상 떨어지면 가차 없이 칼손절!

자막 눌림목: 상승 추세에 있던 주가가 어떤 요인으로 인해 일시적으
로 하락세를 보이는 것.

| 미서 | 떨어졌다! 지금!! |

상승세를 그리던 주식 그래프가 살짝 하락세를 타는 그 순간!
미서, 빠르게 매수 버튼을 클릭한다.
그리고 주가가 2% 오르자 재빨리 매도 버튼을 누르는 미서.
다음 날. 옷이 바뀌어 있는 미서, 집중해서 매수와 매도를 계속해서 반복한다.

| 기계음(E) | 매수가 체결되었습니다! 매도가 체결되었습니다! |

다음 날. 옷이 바뀌어 있는 미서, 조금 더 퀭한 얼굴로 매수와 매도를 계속 반복한다.
하다 여유로운 미소 짓는 미서.
보면, 누적 실현 손익이 20만 원이 됐다.

| 미서 | …나 트레이더 체질인가? 단타 천잰가 봐! (아메리카노 '쭙' 마시는) |

#. 백화점 전경 / 낮

19. 백화점 복도 + 선우 집 교차 / 낮

유니폼 입은 미서, 선우에게 전화를 건다.
선우, 집에서 청소기 돌리다 전화를 받는다.

선우	여보세요?
미서	선우 씨! 오늘 저녁, 같이 먹을래요?
선우	네… 좋아요. 어머님 반찬 또 오는 건가요?
미서	('풉' 웃는) 아뇨~! 주소 보낼게요! 이따 봐요! 아, 멋있게 입고 와요!

전화 끊겼고, 선우, "멋있게?" 고개 갸웃한다.
미서, 콧노래 흥얼거리며 매장 쪽으로 걸어간다.

20. 레스토랑 / 밤

고층에 위치한 야경 보이는 고급 레스토랑. 나른한 재즈가 흐르고…
붉은 립스틱, 우아하면서도 섹시한 원피스를 입은 미서.
와인 잔을 든 채 쓸쓸한 표정으로 야경을 바라보며 말한다.

미서	창밖에 보이는 저 쓸쓸한 도시가… 맨해튼…인가요?
선우	…종로 3간데요.
미서	아이씨! 진짜! 상황극도 뭔 손발이 맞아야 해 먹지!

스테이크 써는 선우, 그런 미서 보고 피식 웃는다.

선우	(무심히) 오늘… 예쁘네요.
미서	!!! 큼… 짠 해요 짠! (와인 잔 내미는)
선우	(짠 하고 미서 보는) …

미서	(한 입 음미) 음~ 이 풍부한 바디감~
선우	(와인 마시며 보는) …오늘 뭐 기분 좋은 일 있었어요?
미서	(으쓱) 뭐 좀~ (하다) 아! 맞다.

미서, 선우에게 쇼핑백을 내민다.

선우	이게 뭐예요?
미서	선물~ 열어 봐요!
선우	(열어 보니 명품 스니커즈다) 오… 신발이네요.
미서	이쁘죠? 선우 씨한테 어울릴 것 같아 하나 샀어요.
선우	…고마워요. 근데 왜… 내 생일 아직 멀었는데.
미서	아우 촌스럽게~ 꼭 생일이어야 선물해요? 뭐 내가 선우 씨한테 이 정도도 못 해 줘요? 그동안 받은 은혜가 있지~
선우	…
미서	(고기 한 입 먹으며) 음~ 맛있당~ 선우 씨도 많이 먹어요. 오늘은 내가 사는 거니까.
선우	미서 씨가요?
미서	네! 아, 와인 한 병 더 시킬까요? (직원 향해 손 드는)

비싼 와인을 척척 주문하는 미서를 물끄러미 바라보는 선우.

21. 선우 집 거실 / 밤

집에 들어온 선우, 미서에게 카톡을 보낸다.

'선물 고마워요. 잘 자요.'

미서가 준 신발을 꺼내 신어 보는 선우, 설레는 얼굴이다.

그때, 초인종이 울리고 "이 시간에 누가?" 의아한 선우.

22. 선우 집 앞 / 밤

현관문 열자 취기로 얼굴이 벌건 미서가 서 있다. 뛰어왔는지 숨이 가쁜.

선우	(놀란) 미서 씨…
미서	(혀 꼬이는) 아직 안 잤네여? 하하… 선우 씨, 내가 준 신발, 아직 택 안 뗐죠? 밖에서 안 신었죠?
선우	…네.
미서	하~ 다행이다~ 잠깐 들어갈게요

23. 선우 집 거실 / 밤

비틀거리며 거실로 들어온 미서, 눈으로 재빨리 신발을 찾는다.

소파 앞에 가지런히 놓인 신발을 발견한 미서.

미서	집에 가는 데 선우 씨한테 훨씬 더 어울리는 신발이 딱 떠올라서요~ 이거 반품하고 다시 사 줄게요.
선우	반품이요? 이거 마음에 드는데…

미서, 신발 박스에 주섬주섬 신발 다시 넣고 있고,
그런 미서를 물끄러미 보는 선우.

선우　　…미서 씨.

미서　　(등골이 서늘) …네?

선우　　단타쳤죠?

미서　　(놀라 박스 놓치는) 아…아니요! 제가 무…무슨 단타를!

선우　　내가 맞춰 볼까요? 단타 쳐서 익절하자마자 (미서 연기하는 톤) 어?
　　　　더 오르네? 보니까 이대로 계속 쭉쭉 오를 것 같네? 불타기 할
　　　　까? 그래 하자. 돈 벌었으니까 와인 마시자~ 예~~ 기분 좋게 취
　　　　해서 MTS 열어 보니 급.락! 어? 왜 이러지? 망했다! 얼른 신발이
　　　　라도 반품해야겠다! (다시 차분) …맞죠?

정확하게 맞춘 선우, 할 말을 잃은 미서.

미서　　(끄덕끄덕) 맞아여… (털썩 주저앉는) 근데 아까 프리마켓할 때까진
　　　　진짜 돈 벌었었다고요…

선우　　미서 씨 진짜 겁이 없네요. 미국은 하한가도 없어서 하루 만에
　　　　반 토막 날 수 있어요. 아니, 대체 왜 그랬어요?

미서　　…말했잖아요. 알아서 한다고… 내 힘으로 해 보고 싶었어요.

선우　　…얼마나 잃었는데요?

미서　　백…육십만 원 정도…

선우　　(하…) 손절은 했어요?

미서　　아뇨… 너무 많이 빠져서…

선우, 말없이 식탁으로 가 노트북을 연다.

선우　　　…계좌 열어 봐요.
미서　　　(손사래) 됐어여… 선우 씨 주식 창 못 보잖아여…
선우　　　열어 봐요.

미서, 취해서 독수리 타법으로 로그인한다.
선우, 미서가 열어 준 HTS 창을 보는데… 순간 시야가 흐릿해지
며 어지럽다.
구역질하며 화장실로 달려가는 선우.

미서　　　괜찮…아여? (따라 구역질) 우읍…

24. 선우 집 화장실 / 밤

세면대에서 숨을 고르고 있는 선우… 자신한테 화난 표정이다.

선우(E)　　저번엔 됐는데… 왜 또 이러는 거야!…

25. 선우 집 거실 / 밤

한참 후 화장실에서 나온 선우. 미서는 소파에 잠들어 있다.
선우, 미서에게 담요를 덮어 주고… 그 옆에 있는 노트북으로 시
선을 옮긴다.

결심한 듯 노트북을 앞에 두고 식탁에 앉는 선우.
하지만… 모니터를 차마 쳐다보지 못하는…
고개를 돌려 잠든 미서를 바라보는 선우.

선우(E)   해 보자. 할 수 있을지도 몰라.

선우, 결심한 듯 비장한 표정으로 고개를 든다.
노트북을 똑바로 쳐다보며 가쁜 숨을 쉬다가… 호흡이 점차 안
정을 되찾는다.
떨리는 손을 조심스럽게 손을 뻗어 마우스를 움직인다.
흐릿했던 화면에 점점 초점이 맞춰지며 또렷해지고 미서의 미
국 주식 계좌가 보인다.
집중해서 모니터를 보는 선우의 얼굴.
손실 난 종목을 전량 손절매하는 선우.
실현 손익 금액 -1,355달러.
다른 급등주 종목을 찾아 스캘핑하며 수익 실현하는 선우.
실현 손익 금액이 점점 늘어난다. -1,355달러에서 점점 늘어나
0을 지나 1,720달러가 되는.
능숙하게 키보드 단축키 누르고 마우스 클릭하며 매매하는 선
우의 재빠른 손놀림.
서서히 예전 트레이더 시절의 감각을 되찾는 것 같다.

<시간 경과>

날이 밝아 아침이 되고.

선우, 엎드려 자고 있다가 부스스 눈을 뜬다. 시간은 벌써 11시 45분.

어젯밤 일이 생각났는지 몸을 일으켜 고개를 돌려 소파를 쳐다 보는데…

미서가 없다.

선우 미서 씨?

미서는 이미 돌아갔다.

선우, 아쉬운 표정… 하지만 이내 설레는 마음으로 미서에게 톡 을 보낸다.

선우(E) 미서 씨. 이따 만날래요? 나 좋은 소식이 있어요.

선우, 휴대폰을 바라보며 미소 짓고 있다.

선우 (벅차서) 나… 이제 주식 할 수 있어요!

27. 카페 / 낮

그 시간, 미서는 테이블에 앉아 있다.

테이블에 올려둔 미서의 휴대폰에 선우의 톡이 오는데… 보지 못하는 미서.

카메라 팬하면… 미서의 맞은편엔 진욱이 앉아 있다.
진욱, 눈물이 그렁그렁한 표정이고…

미서   (한숨) 알았어. 다시 만나 보자.

기쁜 표정의 진욱, 담담한 표정의 미서, 설레는 표정의 선우, 삼
분할 되는 데서…

<10부 끝>

주식 성공투자의 지름길
상한가로 슈가

EPILOGUE

10

심리 게임

#지주지기 백전백승

#1. 선우 집 / 밤

　　　　선우, 급하게 화면 앞에 와서 앉고.

선우　　　아직 안 늦었다, 이제 시작하네!

#2. 슉가 유튜브 전용방 & 선우 집 / 밤 (교차 편집, 화면 분할)

　　　　* 파란색 트레이닝복 입고 등장.
　　　　슉가, 개인 방송 화면이 보이는 방구석 한편에서.

슉가　　　여러분 안녕하세요. 슉가입니다.

선우　　　아 추리닝 색깔 뭐야? 불길하게.

　　　　댓글 '총각 빨리 빨간 옷으로 갈아입어', '하락가로 슉가…?',
　　　　'파란색이라니… 선 넘네', 'PTSD 온다…'

슉가　　　아 죄송합니다. 옷도 빨아야 하고 어쩔 수 없이 파란색 옷을 입
　　　　고 왔습니다. 금융 시장에 종사하는 분들은 이런 징크스에 굉장
　　　　히 민감합니다. 그러면 오늘은 징크스 얘기를 한 김에 어떤 심리
　　　　적인 오류. 여러분이 많이 빠지는 확신과 오류에 대한 우리의 심
　　　　리를 한번 이야기해 볼까 합니다.

선우　　　주식 심리 얘기라…

슉가　　　요즘은 이런 오류를 행동경제학이라는 내용으로 학문적으로 만
　　　　들어서 해석하기도 합니다. 그에 대한 내용을 한번 이야기해 보

도록 하겠습니다. 첫 번째, 가장 많이 보이는 유형이 있습니다.

(CG) 주식의 행동경제학 설명 '과잉 확신' 발생

주식의 행동경제학 1
- 과잉 확신
- 확증 편향

숙가 바로 과잉 확신이라고 합니다. 이게 무슨 말이냐? '이 주식 분명히 올랐다가 빠져~ 하지만 내가 살 때는 올라갈 거야!' '코인 100개 중 99개가 바닥이라더라 하지만 내가 산 코인은 올라갈 걸?' 이런 느낌을 받는 사람들이 있습니다. '나는 다르다. 사람들이 돈을 잃는 건 방법을 모르고 생각이 짧기 때문이다! 이건 나를 위한 메타버스고 내가 주인공이다'라고 생각하는 분들이 있는데 이런 생각이 강한 분들은 함정에 빠지기 정말 쉽습니다. 게다가 정말 유명한 단어가 있습니다. 들어보셨습니까? 초심자의 행운, Beginner's Luck 처음에 아무 생각 없이 '이건가?' 하고 조금 사 보면 그게 가격이 올라요. 그렇게 되면 갑자기 내 자신감이 끝도 없이 올라가게 됩니다. '역시 나는 네오였어!' 이러면서 나에 대한 과잉 확신이 생기고, 나는 될 것 같아서 무리한 투자를 하고 몰빵, 레버리지, 미수 투자를 합니다. 그러다 어느 순간 무너지게 되죠. 이런 과잉 확신에 빠진 인물로 정말 유명하고 여러분이 아는 인물이 있습니다. 바로 뉴턴의 사례입니다.

(CG) 과잉 확신의 대표적 사례 '아이작 뉴턴' 발생

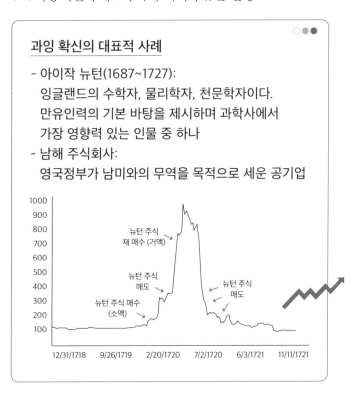

뉴턴이라고 하면 여러분도 다 아는 만유인력을 발견한 천재 과
학자죠. 정말 천재 중의 천재, 세기의 천재라고 할 수 있습니다.
어느 날 그는 남해 주식회사에 투자하고 돈을 벌게 됩니다. 근데
뉴턴은 처음에 투자를 조금 했고 가격이 좀 올라가니까 '많이
벌었구나~' 하고 팔았어요. 그리고 고개를 돌렸으면 됐는데, 뉴
턴이 팔았는데도 남해 주식회사 가격이 정말 끝도 없이 올라가
는 겁니다.

자신은 조금밖에 안 사서 번 게 별로 없다고 생각한 뉴턴은 탐욕을 부립니다. 이 주식을 계속 더 사게 돼요. 나중에는 거의 자기가 가졌던 전 재산을 투자할 정도로 많이 샀는데 남해 주식회사라는 이 기업은 역사에 남을 폭락을 하는 기업이 됩니다. 결론적으로 뉴턴은 주식의 최고점에서 전 재산을 넣었고, 이 주식이 거의 휴지가 됩니다. 그 잘나가던 천재 과학자 뉴턴이 엄청난 돈을 벌었다가 순식간에 벼락거지가 되면서 한탄했던 말이 있습니다. 이 말이 또 유명하죠? '내가 천체의 움직임은 계산할 수 있어도 인간의 광기는 도저히 계산할 수 없더라.'

이런 분들도 인간의 욕망 앞에서 확증 편향에 빠지게 됐고 과잉 확신을 한 끝에 엄청난 손실을 보게 된 거죠. 여기서 나온 또 다른 단어 '확증 편향'이 무엇이냐! 바로 내가 보고 싶은 것만 보고 안 보고 싶은 거는 안 보는 것을 확증 편향이라고 합니다. 뉴턴도 빠진 함정, 우리가 과연 극복할 수 있을까요?

결국 방법은 나도 함정에 빠질 수 있다는 걸 인정하고 객관적인 근거를 가지고 일확천금을 노리는 건 위험하다고 인정하는 자세를 가져야 손실과 실수를 줄일 수 있지 않을까 생각합니다.

(CG) 주식의 행동경제학 설명 '손실 회피' 발생

> ### 주식의 행동경제학 2
> - 손실 회피 심리

숙가 　　두 번째, 여러분이 많이 겪는 심리가 있습니다. 바로 손실 회피 심리라고 합니다. 손실은 누구나 싫어해요. 그런데 행동경제학 중에 손실과 이익에 대해 연구한 전망이론이라는 게 있습니다. 행동경제학의 아버지라고 불리고 노벨 경제학상을 수상한 대니얼 카너먼(Daniel Kahneman)이 전망이론을 주장했는데요. 여기에 따르면 사람들은 두 가지 특성을 보인다고 합니다.

전망 이론(Prospect Theory) 이란?

1979년 대니얼 카너먼과 트버스키가 주장한 이론으로 준거 의존성, 민감도 체감성, 손실 회피성을 특징으로 하는 새로운 가치 함수

전망전망 이론에 따른 주식 심리

1) 사람들은 확실한 손실보다는 불확실한 손실을 선호 → 이익보다 손실에 예민한 '손실회피' 성향을 갖는다.

2) 사람들은 불확실한 이익보다는 확실한 이익을 선호 → 이익은 빨리 확정 지으나 손실은 확정 짓기를 꺼려한다.

첫 번째, 사람들은 이익보다 손실에 민감한 손실 회피 성향을 갖는다. 이게 무슨 말이냐면… 이익이 나서 나한테 주는 기쁨보다 손실이 났을 때 얻는 괴로움이 더 크다는 거죠. 예를 들면 내가 주식 투자했다가 100만 원을 벌면 '술 몇 번 먹고 사람들하고 맛있는 거 몇 번 먹으면 되겠네.' 정도로 기뻐하지만 투자했다가 100만 원 손실을 내면 '내가 숙가 말을 들었다가 잃었네~ 아우 내가 괜한 짓을 했어… 그거 하지 말걸… 100만 원이면 내가 며

칠을 일해야 하나!' 손실에 더 민감하게 반응한다는 거죠.

그러다 보니까 사람들은 두 번째 특징을 보입니다. 이익은 빨리 확정 지으려고 하고 손실은 좀 더 지켜보는 성향을 갖는다, 무슨 말이냐면… 이익이 난 건 벌었으니까 잽싸게 실현해서 맛있는 거 사 먹습니다. 하지만 손실이 나면 손실에 민감하기 때문에 안 쳐다봐요. 이익이 돌아올 때까지 계속 둡니다. '이건 팔리기 전에는 손실이 아니야!' 이런 얘기를 하죠. 근데 사실은 그게 어떻게 손실이 아닙니까? 손실이지! 팔기 전에는 손실이 아니라고 생각하고 평가 손실이라고만 생각하는 분들이 정말 많죠. 이게 바로 **손실 회피 심리**라고 할 수 있습니다.

댓글 '형 그만해… 뼈아파…ㅠ', '진짜 내 얘기 복붙이네…'

선우   볼수록 석재랑 너무 닮았단 말이야~
숙가   기업의 펀더멘털(fundamental)이 안 좋아지고 실제로 무슨 일이 펼쳐졌는데도.

선우, 영상 시청하다가 채팅 창에 질문을 적는다.

선우   ⒠ 그럼 어떤 마음을 갖도록 노력해야 하나요?
숙가   선우 님, 숙숙숙 감사합니다. 주식 투자할 때 우리가 어떤 마음을 가져야 할까? 저는 이렇게 생각합니다. '주식 투자는 난을 키우는 일과 굉장히 비슷하다.' 난을 키울 때 많이 만지고 물을 자주 주면 난이 어떻게 됩니까? 죽습니다. 이게 썩어 버려요 그런

데 반대로 신경도 안 쓰고 방치하면 어떻게 됩니까? 난이 역시 죽어요. 마치 난을 키우는 것처럼 너무 많이 손이 가는 것도 피해야겠지만 꾸준히 관심을 가지고 쳐다봐야 합니다. 적정하지 않다고 생각하면 난을 뽑아서 다른 곳에 옮겨 심어 줘야겠죠? 그 화분이 아닐 수도 있는 겁니다.

손실이 나서 괴롭더라도 이익이 나서 마음이 조급하더라도 마치 난을 키우는 것처럼 한번 세심하게 살피고 평정심을 유지하려고 하는 게 성공적인 투자로 가는 길이 아닐까 생각합니다. **평정심!** 가장 중요한 단어라고 할 수 있습니다. 나를 다스려야 돈도 다스릴 수 있는 거겠죠? 내 계좌를 다스리는 그날이 오기를 바라면서 저는 이만 평정심을 유지하며 슉~ 가 보도록 하겠습니다. 안녕~

선우, 노트북 닫는다.
방송 종료되는 화면 효과.

11부

매수가
체결
되었습니다

1. 카페 / 낮

유니폼 입은 미서와 진욱이 마주 보고 앉아 있다.
핸드폰에 카톡이 오는데 보지 않고 있는 미서.

진욱   …저번에 내가 얘기한 건 생각해 봤어?

미서   뭐? 다시 시작하자는 거?

진욱   응…

미서   나는 솔직히… 잘 모르겠어. 한 번 깨졌던 사인데 다시 시작이
         가능한 건지… 그리고 내 마음도 이젠 좀… 달라졌어.

진욱   (다급) 그…그러면 완전히 돌아오라는 얘기는 안 할게. 나랑 딱
         일주일만 다시 만나 봐.

미서   뭐? 일주일?

진욱   우리 3년 넘게 만났어. 어떻게 이렇게 쉽게 끝내. 나한테 마지막
         기회를 준다고 생각하고… 진짜 딱 일주일만 만나 봐. (눈물까지
         그렁) 그래도 아니면… 그때 헤어져도 되잖아. 응?

미서   (고민된다) …

228 × 229

진욱   미서야…

          진욱, 두 손으로 간절하게 미서의 손을 잡는다.
          미서, 손을 빼려고 하자, 더욱 꽉 미서의 손을 잡는 진욱.
          미서, 그 손과 진욱의 애절한 눈을 보면서 잠시 고민하다,
          이내 생각을 정리한 듯 진욱이 잡은 손을 놓고 입을 연다.

미서   알았어. 다시 만나 보자… 일주일… 예전처럼 돌아가자는 게 아

          니고… 오빠 마음 정리할 시간 주는 거야.

진욱   (살짝 충격이지만) …그래 뭐든 괜찮아. 고마워, 미서야.

2. 백화점 직원용 출입구 앞 / 낮

          백화점으로 돌아오는 미서, 그제야 핸드폰 확인하는데 선우의

          카톡이 와 있다.

          '미서 씨. 이따 만날래요? 나 좋은 소식이 있어요.' (CG)

          미서, 카톡 보고 생각이 많은 표정.

          '네. 나도 할 말 있어요. 퇴근하고 봐요.' (CG)

          <타이틀>

          - 매수가 체결되었습니다 -

냉면집 전경 / 밤

3. 냉면집 / 밤

미서가 사 준 신발을 신고 온 선우, 설레는 얼굴로 미서를 기다리고 있다.

<플래시백> 1부 #35 선우 집 앞

미서   (냉면 내밀며) 정말 죄송해요… 돈은 돌려 드릴게요. 그냥 드시면 안 될까요?

선우   죄송하지만 저도 2년 만에 시켜 먹는 냉면이라 그냥 넘어갈 수가 없네요.

선우, 미서와의 첫 만남을 떠올리며 '피식' 웃는데, 직원이 주문 받으러 온다.

선우   일행이 아직 안 와서… 오면 시킬게요.

직원   네. 그러세요~

시계를 확인하는 선우, 약속 시간이 지났는데 오지 않는 미서. 미서에게 할 말을 여러 버전으로 연습해 본다.

선우   혹시… 미국 주식 확인해 봤어요? 아, 봤어요? 고맙긴요… (차분하게) 네… 이제 주식 할 수 있게 됐어요. (이건 아니다. 고개 절레절레) (발랄하게) 이제 나 주식 할 수 있어요! 다 미서 씨 덕분이에요!

직원, 선우를 수상하게 힐끔 쳐다본다.

선우, 머쓱함에 밖을 확인하는데 미서의 모습은 보이지 않는다.

4. 백화점 직원용 출입구 앞 / 밤

      퇴근한 미서, 직원용 출입구로 나오는데 엄마에게 전화가 온다.

미서	(전화 받는) 어 엄마!
혜숙(F)	퇴근했냐?
미서	응… 지금 막 퇴근해서 버스 타러 가고 있어.
혜숙(F)	이이. 보내 준 반찬은 맛나게 먹었어?
미서	반찬? 으응… 오빠가 간장쥐포조림 맛있대!
혜숙(F)	최 서방이… 맛있댜? 그려. 혼수는? 다 배송 왔고?
미서	(얼버무리는) 어… 거의 다… 왔지…
혜숙(F)	청첩장은? 다 찍었어?
미서	어… 곧 나올 걸…?
혜숙(F)	아이고 착착 진행이 되았네~ 근데 니… (의미심장) 결혼할 신랑은 있냐?
미서	(당황) 어?! 뭐…뭔소리야~ (하는데)

      혜숙, 공포스럽게 미서의 뒤에 스윽 나타난다.

혜숙	왜 놀래? 신랑이 도망이라도 갔어?

      미서, 등골이 서늘하다. 핸드폰 귀에서 떼고 천천히 돌아보는데…

미서	(식겁) 어…엄마!!!
혜숙	(미서의 묶은 머리채 잡으며) 이 나쁜 년!! 너 주식해서 전세금 날려 먹었다며!
미서	아! 악! 엄마!!! 엄마!!
혜숙	(등짝 때리며) 결혼까지 엎고!!! 언제까지 엄마 아빠 속여 먹으라고 했어!! 이?!
미서	아얏! 아 말하려고 했는데~~ 이거 좀 놓고 말해~ 머리 다 빠져!
혜숙	따라와!! (미서 머리채 잡고 끌고 가는)

5. 트럭 안 / 밤

미서 부의 4인승 1톤 트럭. 드르륵 뒷자리 문 열리고 납치하듯 미서를 밀어 넣는 혜숙.
운전석에는 미서 부(父) 태섭이 타 있다.

미서	아빠?!
태섭	생포했구먼!
미서	뭔 생포야? 내가 뭐 곰이야! 멧돼지야?!
혜숙	(머리 쥐어박으며) 멧돼지보다 못한 딸년이지! 얼른 출발합시다! 오라이!

6. 냉면집 / 밤

미서를 기다리며 하염없이 창밖을 바라보는 선우.

직원(OFF)	저기 손님, 주문은 어떻게 할까요?

선우가 직원 쪽으로 고개를 돌린 순간, 창밖에는 미서가 탄 트럭이 보이고.
미서가 선우를 향해 미친 듯이 창문을 두드리고 있지만 아슬아슬하게 미서를 보지 못한 선우.

직원	주방 마감해야 돼서…
선우	그럼 평양냉면 두 개 주세요.
직원	네. 평냉 두 개요~

7. 트럭 안 / 밤

트럭 안에서 창밖에 보이는 선우를 보고 미친 듯이 창문 두드리는 미서.
선우가 볼 리가 없다. 엄마 눈치 보며 몰래 선우에게 긴급 카톡 보내려 '서ㄴ읬' 쓰는데…

혜숙	(핸드폰 뺏으며) 그 새끼지? 너랑 짜고 친 그 사기꾼 새끼!
미서	아 엄마! 내 놔!
혜숙	뭘 잘했다고 큰소리여!!

미서 핸드폰 뺏어서 전원을 꺼 버리는 혜숙.

8. 냉면집 / 밤

또다시 한 시간이 지났고 이미 비워진 냉면 두 그릇.
선우, 씁쓸한 표정으로 오도카니 앉아 있는데.

직원 저… 영업시간 끝났는데…
선우 아… 네. (외투 들고 일어서는) 계산할게요.

9. 냉면집 앞 일각 / 밤

선우, 터덜터덜 나오는데 카톡이 온다. 확인해 보니 미서가 보낸
카톡이다.
'선우 씨„ 이제 연락안했으면 좋겠 읍니다.
모든 걸 제자리로 돌려노으려 합니다.' (권총 이모티콘) (CG)
틀린 맞춤법과 아줌마스러운 기본 이모티콘.

혜숙(E) 선우 씨… 이제 연락 안 했으면 좋겠습니다. 모든 걸 제자리로
    돌려놓으려 합니다.

혜숙이 보낸 카톡이지만 눈치채지 못한 선우.
놀라서 바로 전화 거는데 전원이 꺼져 있다.

선우 (충격) 미서 씨…

'연락안했으면 좋겠 읍니다'에 시선이 박힌 선우, 상처받은 표정

이다.

선우, 잠시 생각하더니 어디론가 달려간다.

10. 미서 집 앞 / 밤

미서 집 앞에 도착한 선우, 뛰어온 듯 얼굴에 땀이 맺히고 숨소리가 거칠다.

긴장된 표정으로 초인종을 여러 번 누르는데, 아무런 반응이 없는.

선우   (문 두드리며) 미서 씨… 얼굴 보고 얘기 좀 해요.

여전히 반응은 없고… 선우, 한숨 쉬며 문에 등을 기댄다.

선우   갑자기 왜 그러는 거예요? …내가 잘못한 거 있어요?

선우, 힘이 풀렸는지 쭉 미끄러져 바닥에 주저앉는.

선우   …연락 줘요. 기다릴게요. (한숨 쉬는)

선우, 쓸쓸한 표정으로 일어서서 '터덜터덜' 발걸음을 옮기는.

옥탑방 전경 / 낮

달려온 듯 '확!' 문을 연 선우.

눈으로 미서를 찾는데 없고, 진배, 행자, 강산만 있다.

실망한 표정의 선우.

(CG) 각자의 원샷에 주식 수익률 표시

진배	어~ 선우 씨 왔네~!
선우	미서 씨는…
행자	미서 씨? 아직 안 왔는데. 오늘 일하는 날인가?
선우	…
강산	근데 오늘 예준이도 안 오면 스터디는 어떻게 진행하죠?
행자	뭔 걱정이야~

행자, 진배, 동시에 선우를 스윽 쳐다본다.

CUT TO

선우, 다운된 표정으로 설명하고 있다. 화면에 '포트폴리오' 떠 있다.

화이트보드에 레이 달리오의 '올 웨더 포트폴리오'도 그려 놓은 선우.

선우	포트폴리오는 자산 배분이라는 뜻입니다. 계란을 한 바구니에

담지 말라는 말, 많이 들어보셨죠?

진배   들어봤지!

선우   자산 배분이란 주식, 채권, 부동산, 금처럼 성질이 다른 자산에 배분해서 투자하는 방법입니다. 100% 주식만 했을 때보다는 기대 수익률이 낮지만 적어도 전 재산을 탕진하거나 하는… 위험성은 낮춰 주는 장치죠.

행자   아… 근데 채권은 어떻게 사는 건데?

자막   채권: 정부, 공공기관, 주식회사 등이 일반 투자자들로부터 거액의 자금을 조달하기 위해 발행하는 일종의 차용 증서.

선우   채권 시장이 따로 있지만 요새는 채권 EFT 상품도 많아요.

강산   근데 기대 수익률이 낮아지는데… 굳이 그걸 해야 돼요?

선우   (어떻게 설명하지?) 음… 조정장 때 다들 물타기 해 보셨죠?

일동   (숙연) …

선우   그때 물타기를 하려고 해도 현금이 없어서 더 못 사는 경우가 있었을 겁니다. 자산 배분을 해 놓으면 설사 주식이 하락해도 다른 자산이 오르고 오른 자산을 처분해 추가 매수를 할 수도 있겠죠. 그게 리밸런싱이에요.

진배   리밸런싱… (필기하는)

선우   다음 시간까지 현재 여러분의 자산 배분 상태를 점검해 보고, 어떻게 포트폴리오를 다시 짤지 생각해 오세요… 그럼 마칠까요?

스터디를 끝낸다는 말에 당황하는 회원들.

행자	벌써 끝?? 오늘은 유독 짧네…?
진배	큼… 예준이는 안 그랬는데…

선우, 멍한 표정으로 화이트보드 지운다.

#. 시골 딸기 하우스 전경 / 낮

12. 딸기 하우스 / 낮

딸기를 수확하고 있는 미서.
옆에는 혜숙이 작업 중이다.
굼뜬 미서가 마음에 안 드는 혜숙.

혜숙	시절피고 앉았네. 게으름 피우지 말고 얼렁얼렁 혀!!
미서	아, 하고 있어~ (어깨 두드리며) 아 어깨야… (하다) 근데 엄마, 식 취소한 건 어떻게 안 거야? 설마… 오빠가?
혜숙	(또 열 받는) 사부인한티 전화 왔다! 아주 그냥 놀라 자빠질 뻔했어. 그 전화 받고, 파혼이 웬 말이여, 웬 말! (미서 등짝 때리며) 나쁜 년!! 엄마를 감쪽같이 속여 먹고!
미서	아야… 엄마 근데… 나 회사 가야 돼. 이러다 나 짤려!
혜숙	됐어! 이참에 그냥 그만 두고 내려와! 괜히 명품인지 뭔지 허파에 바람 들어 가지고 서울서 고생하지 말고. 여기 내려와서 착실하게 농사져.

미서	아 싫어! 내가 농사를 왜 져! (하다 애교 부리며) 엄마 근데… 나 핸드폰 좀…
혜숙	왜, 그 최선운지 뭔지 그 호랑말코 같은 놈한테 전화할라고?! 어림없지!
미서	아니 그게 아니라…
혜숙	그럼 뭐! 또 주식허게?!! 이 화상아… 주식은 도박이나 매한가지여!
미서	주식이 왜 도박이야! 그렇게 따지면 솔직히 농사가 더 도박이지! 날씨 망치면 끝 아냐? 하늘하고 날씨 내기 도박하는 거 아녀~!!
혜숙	시상에… 야 말하는 거 보게… 니 진짜 머리 깎고 여기 앉혀 놔야 쓰겠다!
미서	아 됐어 됐어!… 핸드폰 주지 마!
미서(E)	그래. 머리도 식히고 엄마 화 풀릴 때까지 그냥 딸기나 따자…

(딸기 따는)

13. 행자 집 현관 / 밤

가게 마치고 돌아온 행자, 피곤한 기색이다.

14. 행자 집 행자 방 안 / 밤

씻고 나온 행자, 온몸이 쑤시는지 어깨 두드리면서 파스를 찾아 꺼낸다.

손목에 파스를 붙이고, 종이와 펜을 꺼내 들어 적으며.

행자	포트폴리오… 배당주, 고성장주, 현금…

그때, 방문을 벌컥 열고 들어오는 예림.

예림	엄마!
행자	어, 왔어? (파스 내밀며) 여기 어깨에 좀 붙여 봐 봐.
예림	(파스 붙이며) 엄마… 있잖아. 나~ 미국 유학가도 돼?
행자	(멈칫) 유…학? 무슨 유학?
예림	뭐, 정확히 말하자면 어학연수지. 이제 취업 준비에 필수니까.
행자	…학비는? 얼마 드는데.
예림	학비랑 뭐 집세랑 생활비 합쳐서 6개월에 한… 이천오백?
행자	이~천오백? 뭐가 그렇게 비싸!
예림	뉴욕이 물가가 좀 비싸니까… 이것도 되게 보수적으로 잡은 거야. 엄마.
행자	꼭 뉴욕으로 가야 돼? 가까운… 저기… 필리핀 가도 되잖아.
예림	(짜증) 아 그런덴 뉴요커 발음이 아니잖아!
행자	(등짝 때리며) 뉴요커 같은 소리 하고 자빠졌네! 이천오백이 뉘 집 애 이름이야? 엄마가 그런 돈이 어딨어!!
예림	있잖아.
행자	??
예림	아빠가 엄마 준 주식. 그거 이천만 원 정도 되잖아. 그치?
행자	(당황) 뭐?! 그…그 돈은!
예림(O.L)	왜? 그 돈은 주식할 돈이라서?
행자	(말문 막힌) …

예림	뭐야… 주식할 돈은 있고 딸 공부 시켜 줄 돈은 없어? 엄마 진짜 너무해!

예림, 토라져서 휙 나가 버린다.
행자, 속상한 얼굴로 파스 붙인 손목만 만져 대는…

15. 도서관 앞 / 낮

가죽 재킷, 두건, 선글라스까지 끼고 있는 진배, 멋지게 도서관 앞에 할리를 세운다.
'씨익' 웃으며 선글라스를 벗고 주머니에서 뭔가를 꺼낸다. 보면, 따끈따끈한 면허증이다.
벅찬 표정으로 면허증을 바라보다가 시선을 돌리면, 막 도서관에서 나오는 예준이가 보인다.

진배	예준아!

예준, 진배를 보고 놀랐다가 이내 못 본 척 지나가려고 하는…
진배, 갸웃하며 예준이에게 다가간다.

진배	예준아! 할아버지 드디어 오토바이 라이선스 땄다!
예준	…(진배 눈 피하며) 네. 축하드려요.
진배	할아버지가 우리 예준이 가장 먼저 태워 주려고 왔다! 타라! 학원까지 데려다주마.

예준	전 학원 차 타면 돼요.
진배	그럼… 잠깐만 여기라도 한 바퀴 태워 줄까?
예준	…아뇨.
진배	그럼… 할아버지 주식 포트폴리오 짜는 거 좀 도와주련? 혼자 해보려는데 잘 모르겠어서… 할아버지가 코코아 쏘마!
예준	…저 이제 주식 안 해요.
진배	응? 그게 무슨 말이냐… 예준이 네가 주식을 안 한다니 (하는데)
예준(O.L)	주식 시시해요!! 이제 수학이 더 재밌어졌어요! 저 지금도 이럴 시간 없어요! 토요일에 수학 올림피아드도 있고!
진배	(당황) 아니 그래도…
예준	…왜 못 알아들으세요! (버럭) 할아버지 같은 멍청한 개미들 이제 지겹다고요!!

예준, 후다닥 달려서 노란색 학원 차에 올라타 버리고…
학원 차가 떠나자 진배, '예준아…' 허망하게 서 있다.

16. 도로 / 낮

우울한 표정으로 오토바이를 타고 달리고 있는 진배.

예준(E)	할아버지 같은 멍청한 개미들 이제 지겹다고요!!

진배, 예준의 말을 떠올리며, 마치 실연당한 표정이다.
그때, 코너를 돌며 핸들을 꺾는 진배. 휘청이는 진배의 오토

바이!

놀라면서 핸들을 이리저리 비트는 진배…

넘어지려는 듯 아슬아슬한 모습이다가… 진배, "어어!!…" 눈이
커지면서… 화이트아웃.

17. 영어 학원 안 / 낮

예준 포함한 대여섯 명의 어린이들이 앉아 있고, 원어민 강사가
수업 중이다.

강사, 다른 학생들에게 먼저 질문하는…

강사   (영어) 수지! 당신의 취미가 뭔가요?

수지   (영어) 유튜브 보기입니다.

강사   (영어) 좋아요! 이안! 당신의 취미가 뭔가요?

이안   (영어) 축구 하기입니다!

강사   (영어) 다음은… 예준! 당신의 취미가 뭔가요?

예준   (혼잣말) …주식.

강사   (잘 못 들었다) 왓?

예준   (정신 차리며, 영어로) 내 취미는… (망설이다가) 수학 문제 풀기예요.

강사   (영어) 와우 멋지네요! 자 이제 다른 질문을 해 볼게요! 자신의 베
         스트 프렌드를 소개해 볼까요? 이번엔 예준이부터! 당신의 가장
         친한 친구는 누구인가요?

예준   …

강사   예준?

예준	(영어) 제 베스트 프렌드는… 진배입니다.
강사	(영어) 진배! 당신은 진배와 무얼 하고 노나요?
예준	…주식.
강사	왓?
예준	(절레절레 고개 저으며, 영어) 전 친구가… 없어요.
강사	(영어) 오… 유감이에요. 자, 그럼 유진이 말해 볼까요?

예준, 고개를 떨구는데… 눈에 눈물이 그렁그렁하다.

18. 선우 집 / 밤

선우, 주방 식탁에 노트북으로 HTS 켜놓고 멍하니 앉아 있는 선우.

미서(OFF)	선우 씨!

보면, 옆에 앉아 조잘조잘 선우에게 물어보는 미서의 환영이 보인다.

미서	선우 씨!… (핸드폰 보여 주며) 그럼 이 주식, 살까요, 말까요? 대답해 봐요, 주식 영재 씨~

선우, 자기도 모르게 피식 웃었다가 이내 정신 차리는…
정신 차려 보니 미서는 없다.

고요한 집안… 선우, 공허함에 노트북 보며 멍 때리다가 이내 노트북 닫아 버리는.

#. 진배 집 전경 / 밤

연자(E)   저거 당장 갖다 팔아!!

19. 진배 집 / 밤

팔에 깁스하고 소파에 앉아 있는 진배, 얼굴에 반창고도 붙였다. 연자의 잔소리를 한참 들은 듯.

진배   이제 고만 좀 해…
연자   뭘 그만해! 당신 진짜 죽고 싶어서 환장했어?! 저 위험한 걸 왜 타!
진배   그 차가 갑자기 튀어나와서 그랬어… 연습 몇 번 하면 잘 탄다니까.
연자   아 됐고! 얼른 다시 팔아!!
진배   아! 내 돈으로 산 건데 당신이 뭘 팔라 마라야. 내가 평생 뼈 빠지게 일했는데 오도바이 하나 내 맘대로 못 사?!!
연자   아, 글쎄 뼈 빠지게 일해서 번 돈을 왜 그런 쓸데없는 데 쓰냐고! 당신이 뭐 이팔청춘인 줄 알아? 그리고 앞으로 이것저것 돈 들어갈 데가 얼마나 많은데! 오도바이를 왜 사! 왜!

진배	…그럼 나는 뭐 아무 것도 하지 말고 가만히 있으란 말야?!
연자	그래! 그냥 가만히 있는 게 도와주는 거라고 몇 번을 말해? 늙었으면! 돈 까먹지 말고 숨만 쉬고 살아 그냥!
진배	(울컥) 당신 진짜…!

그때, 연자 휴대폰이 울리고… 전화 받으며 사라지는 연자.

연자	예~ 형님. 아유 말도 마요! 우리 집 양반 클 날 뻔했어.

착잡하고 상처 받은 얼굴로 앉아 있는 진배.

\#. 딸기 하우스 전경 / 낮

20. 딸기 하우스 / 낮

미서, 태섭, 혜숙 그리고 진욱이 딸기를 수확하고 있다.

자막	월요일 (1영업일).

머슴처럼 일하는 진욱을 보고 미안해 하는 태섭.

태섭	휴가까정 내고 뭐하러 여까지 왔어.
진욱	아닙니다. 당연히 도와드려야죠.

| 혜숙 | 들어가서 좀 쉬지… |
| 진욱 | (웃는) 괜찮습니다. |

멀리서 셋을 지켜보던 미서, 눈치 보다가 슬쩍 아빠의 낡은 라디오를 들고 구석으로 간다.
라디오의 뉴스 방송을 틀어 보는 미서.

앵커(E)	지직… 코스피 지수는 지직… 전 거래일 대비 22.5 하락한 2829.5로 장을 마감했습니다.
미서	(귀 기울이며) 왜 이렇게 떡락했어…
태섭	유미서!
미서	(깜짝 놀란) 아빠!!
태섭	쓥!! 또또! 그 놈의 주식!! (꿀밤 때리려고 주먹 드는데)
미서	(꿀밤 휙 피한다. 잠시 머리 굴리다가 눈빛 변하는) …아버지. 농사, 언제까지 지을 수 있을 거 같아요?
태섭	뭐?!
미서	5년? 아니 3년? 지금 안 아픈 데가 없죠? 허리, 어깨, 무릎, 다 아프죠?
태섭	(맞는 말에 뜨끔!)
미서	노후 준비는 다 되셨나요? 노후를 농사에 맡기면 백퍼 지는 게임일 텐데… 아, 너무 걱정 마세요. 농사보다 더 승률 높은 게임이 하나 있긴 한데…
태섭	(미서의 말에 점점 홀린 듯, 자신도 모르게) 그…그게 뭐여!
미서	바로… 주식입니다!

| 태섭 | …(미서 뒤통수 때리는) 어휴, 뭔 얘기하나 했는데 또 주식이여! '확' 그냥! |
| 미서 | 아! 아파!! |

태섭, 라디오 압수해서 가져간다.
일하던 자리로 돌아와 라디오 켜는 태섭, 야구 중계방송을 켠다.

진욱	…아버님 야구 좋아하세요?
태섭	이이… 뭐 걍 듣는 거지. 야구… 좋아 혀?
진욱	하하… 네. 근데 하는 건 축구를 더 좋아합니다.
태섭	이이 그려… 축구 재밌지…

태섭, 못내 섭섭한 표정으로 딸기만 딴다.

21. 몽타주 (미서의 농촌 루틴)

딸기밭, 열심히 딸기 수확하는 미서.
딸기를 박스에 포장하고 있는 미서, 기계처럼 빠르게 일하고 있다.

| 자막 | 화요일 (2영업일). |

| 미서(NA) | 그렇게 나는 딸기 수확에 몰두했고, |

딸기밭 구석. 몰래 종이 신문 주식면 열어 보는 미서, 그런 미서
를 발견하고 다가와 '쓰읍!!!' 하면서 신문 돌돌 말아 머리통 '탁!'
때리고 뺏어가는 혜숙.
미서 방. 맨투맨 벗다가 목에 걸친 채로 피곤해서 곯아떨어진
미서.

미서(NA)   내 생활은 주식에서 조금씩 멀어졌다.

          읍내 데이트 마치고 돌아오는 시골길.
          간만에 예쁘게 입고 진욱의 자전거 뒷자리에 탄 텅 빈 눈의
          미서.
          진욱, "꽉 잡아!" 하고 달려가는데 아무 감흥이 없다.

자막   수요일 (3영업일)

미서(NA)   한때는 그토록 돌아가고 싶었던 일상인데,

          딸기밭 한편. 초점 잃은 눈의 미서, 고구마 새참을 꾸역꾸역 먹
          고 있다.

자막   목요일 (4영업일)

미서(NA)   왜 이렇게 마음 한편이 텅 빈 것 같고 헛헛할까…

11부   매수가 체결되었습니다

22. 딸기 하우스 / 저녁

　　　　　노란 조명이 켜진 딸기 하우스. 딸기 따고 있는 미서, 혜숙, 태섭,
　　　　　그리고 진욱.
　　　　　미서는 딸기를 따면서도 주식 생각뿐이다.

자막　　　　금요일 (5영업일).

미서(E)　　　이번 주에 실적 발표한다고 했는데… 선우 씨는 보고 있을까…

　　　　　미서, 한숨 쉬며 딸기 하나를 똑 따는데…
　　　　　손에 든 딸기에 선우의 웃는 얼굴이 보인다. (CG)
　　　　　미서, 선우와의 추억이 떠오르는.

　　　　　<플래시백>
　　　　　6화 #32. 미서네 집 / 밤
선우　　　　…제가 살게요. / 미서 씨 그거 보면 계속 최 서방 씨 생각날 거
　　　　　아니에요.

　　　　　10화 #13. 대웅전 앞 / 밤
선우　　　　이제는 그런 자격지심보다… 내가 미서 씨를 좋아하는 마음이
　　　　　더 커졌어요.
미서　　　　(놀라고) …!!
선우　　　　(미서를 쳐다보며) …좋아해요. 미서 씨.

<다시 현재>

미서   (울컥. 혼잣말로) 보고 싶어…

23. 놀이터 / 저녁

같은 시각. 노을이 지는 저녁. 선우 혼자 덩그러니 놀이터 그네
를 타고 있다.
쓸쓸하게 맥주를 마시는 선우.
그러다 문득 옆 그네 빈자리를 보며 미서를 떠올린다.

<플래시백>
-7부 #33. 호텔 안
두 사람, 눈이 마주치는데 시간이 멈춘 듯 정적이 흐르고… 둘은
서로를 바라보고 있다.

미서   …선우 씨 나 좋아해요?
선우   …

창문 밖에는 화려한 불꽃이 터지고 있고, 키스하는 미서와 선우.

-9부 #20. 선우 집
선우   주식 때문에 모든 걸 잃었지만… 주식을 안 하면… 나를 영영
잃어버릴 것 같아요… (미서를 보는) 그게… 너무 무서워요.
미서   (안아 주며) 무서웠겠다… 그렇게 힘들어 하는 줄도 모르고 난…

계속 다그쳤네…

선우 　(떨어져 미서의 얼굴을 마주 보는) …

미서 　무섭긴 하겠지만 그래도 같이 해 봐요. 선우 씨가 제일 잘하고 좋아하는 거니까… 포기하긴 너무 아쉽잖아요. 선우 씨는 내가 발굴한 주식 영재니까.

　　　<다시 현재>

선우 　(혼잣말) …보고 싶다. (맥주 마시는)

24. 딸기 하우스 / 저녁

　　　미서, 주변을 재빠르게 살피더니 벗어 놓은 태섭의 외투에서 휴대폰을 꺼내 밖으로 향한다.
　　　조용히 밖으로 나가는 미서의 모습을 본 진욱, 얕은 한숨을 쉬더니 따라 나간다.

태섭 　…어휴 저 화상. 주식에 미쳐 갖고.

혜숙 　미서 저러는 거 주식 때문 아녀.

태섭 　??

혜숙 　그 놈 때문에 저러는 겨. 그 반찬 도둑놈.

태섭 　뭐? 당신은 안 말리고 뭐 혔어!! 지 신랑은 여기까지 와서 쌔빠지게 일하는구먼!

혜숙 　냅 둬. 평양감사도 지 싫으면 그만이지. (한숨)

미서, 눈치 보며 주변 둘러보고 핸드폰을 확인한다.

선우가 보낸 읽지 않은 카톡이 10개 쌓여 있고, 차마 확인하지 못하는 미서.

그때, 누군가 폰을 낚아채 간다. 보면, 진욱이다.

진욱   쓰읍!!… 너 또 주식하려고 했지!

미서   (어이없는) 내 놔!

진욱, 미서 폰 화면을 보는데 진배의 카톡이 울리는.

'내일 4시 스터디 있습니다. 잊지 마세요!'

미서   아 왜 남의 폰을 봐! 내 놔!

진욱   너… 주식으로 결혼 자금 반 토막 내고… 우리 헤어질 뻔한 거 다 잊었어?!

미서   …

진욱   잘못했지?… 아예 어플을 지워 버려야 돼. 지운다?

미서   (목소리 깔고) 오빠.

진욱   (미서 쳐다보고)

미서   (차분하게 진욱을 보는) …오빠한테 정말 미안해. 내가 그때… 무모한 짓 저지른 거 사과할게. 내가 주식만 안 했어도 우리가 이렇게 되진 않았겠지…

진욱   (이제야 말이 통한다, 화색) 괜찮아. 미서야. 나도 성급하게 결혼식 엎자고 한 거 미안… 이제부터 다시…

미서(O.L)	그땐 뭣 모르고 한 거였지만… 지금은 진심이야. 주식하는 거. 그때랑은 달라. 지금은 열심히 공부하고 있고… 무모하게 투자하지도 않아.
진욱	(귀를 의심한다) 어? 그러니까… 너 계속 주식 하겠다는 얘기야?
미서	…오빠는 내가 주식에 대해 얼마나 진심인지 모르지? 알고 싶지도 않고… 그래서 그렇게 쉽게 얘기하는 거야.
진욱	(무시하고) 그만하고 들어가자. 어머님 아버님 기다리신다. (들어가려는데)
미서	(붙잡고) 봐 봐!… 오빠는 또 내 얘기는 들으려고도 안 하잖아!
진욱	주식 얘긴 그만하자. 왜 이딴 걸로 우리가 싸워야 하는지 모르겠다.
미서	아니, 피하지 마. …미안하지만 오빠 여기 와서 이러고 있는 거… 고맙지 않아. 우리 엄마 아빠 마음 돌리려고 할 게 아니라, 내 마음을 알려고 했어야지.
진욱	(욱하는) 그래! 물어보자. 주식으로 그렇게 당했으면서 왜 또 하겠다는 건데? 제정신이야? 하… 그 편돌이 새끼가 대체 어떻게 구슬렸길래 애가…
미서	(멈칫) 뭐? …오빠 혹시… 선우 씨 만났어?
진욱	그래. 만났다! 그 새끼한테 너랑 주식하지 말라고 했어. 너 점점 이상해지는 거 같아서!
미서	(화 누르며) …우리 그만하자…
진욱	뭐?!
미서	말했지?… 오빠랑 다시 시작하려고 일주일 주겠다는 게 아니라… 오빠 마음 정리할 시간 주는 거라고. 근데… 이건 아닌 것

같다.

진욱 　…뭐가 문젠데. 우리 좋았잖아. 네가 주식만 안 하면 아무 문제 없다고!

미서 　나 이렇게는 못 살겠어. 삶이 너무 재미없고 가슴이 막 헛헛하고 궁금하고 보고 싶은데 다들 못 하게 하니까 아주 돌아 버리겠다고.

가만히 미서를 쳐다보는 진욱.

진욱 　유미서… 너 지금 주식 얘기하는 거 맞아?

미서 　…

진욱 　그럼 내가 주식하게 해 주면? 그럼 되는 거야?

미서, 잠시 생각하더니 진욱의 눈을 보고 말한다.

미서 　나… 이제 그 사람이 좋아. 좋아해.

진욱 　(어이없는) 하… 그래서? 정말 끝내자고? 일주일은 준다며. 아직 일주일 안 지났어.

미서 　…주식 시장은 5영업일이 일주일이야. 장 마감했어.

진욱 　…너 지금 이 상황에서도 그런 말이 나오냐?

미서 　이제 연락도 하지 말고… 술 마시고 우리 집에 찾아오지 마. 남아 있는 오빠 짐도 다 가져가고.

진욱 　유미서… 너 진심이야?… 진짜 마지막으로 물어보는 거야.

미서 　(단호한) 응. 진심이야. 그동안 고마웠어.

진욱	(미서를 보다가) …그래. 알았다. (돌아서는)

진욱, 터벅터벅, 쓸쓸하게 돌아간다.

#. 족발집 전경 / 낮

26. 족발집 / 낮

점심시간 지나고 한차례 폭풍이 지난 족발집.
행자, 용선, 강산, 식탁 치우기 바쁜데…
예림이 행자를 졸졸 따라다니면서 조르고 있다.

예림	아~ 엄마~~
행자	보내 준다니까~ 필리핀이나 말레이시아로.
예림	아 싫어~ 뉴욕 보내 줘~ 뉴욕~ 제발~~ 나 진짜 열심히 할게! 엄마가 그랬잖아~ 공부도 다 때가 있다고! 응?!
행자	(한풀 꺾여서) 알았어… 이따 집에 가서 얘기해.
예림	(좋아서) 진짜?! 알았어! 엄마 오늘 빨리 들어와!

예림, 신나서 가게 나가고.
행자, 복잡한 얼굴로 식탁을 닦고 있는데…
나가는 예림을 보다가 다가오는 강산.

강산	하긴, 요즘 취직하려면 이학연수는 필수라고 하더라고요~ 저희 때랑은 다르긴 다른가 봐요.
행자	…그렇겠죠…?
강산	(씽긋) 오늘은 그릇 하나도 안 깨고 설거지 해 볼게요!

주방으로 가는 강산.
혼자 남은 행자, 심란한 얼굴로 폰을 꺼내 MTS를 켠다.
아쉬운 듯 빤히 보다가… 모든 주식을 매도한다.
한숨을 푹 쉬는 행자.

| 행자(E) | 그래, 이 정도 했음 됐어… |

#. 옥탑방 전경 / 낮

27. 옥탑방 / 낮 → 저녁

예준, 미서 없이 선우, 진배, 행자, 강산, 넷만 모여 있다.
아무 말 없이 우울하고 무기력한 분위기.
깁스한 채로 붓글씨로 표어 쓰고 있는 진배.
<친구란 두 사람이 몸에 사는 하나의 영혼이다>

| 강산 | (진배 보고) 형님… 무슨 일 있으세요? 팔 다친 거 때문에 그러세요? |
| 진배 | 그냥… 영혼을 잃은 느낌이랄까… 팔 다친 건 하나도 안 아픈데 |

가슴이 아프네… (하다 쿨럭. 갈비뼈 만지며) 아야야…

행자   (짠하다) 사골 좀 푹 고아 드세요. 뼈 붙는데 좋으니까.

선우   (우울) 자… 그럼 시작할까요. 구호는… 생략하겠습니다.

강산   아 선우 씨, 나 포트폴리오 새로 짜봤는데… 한번 봐줄래요?

강산, 핸드폰 내밀면, 받아서 강산의 MTS 보는 선우.

선우   음… 리밸런싱 하셨네요.

강산   네. 어때요? 갖고 있던 거 팔고 채권이랑 원자재 ETF 좀 사봤
       는데.

선우   네, 잘하셨어요. 주식도 오래 투자하다 보면 정 들고… 팔기가
       어려워지죠. 하지만 냉정하게 판단해서… 더 좋은 종목이 있다
       면 갈아타는 것도 좋은 선택 (멈칫)… 좋은 선택…입니다.

선우, '갈아타는 것도 좋은 선택이다.'라는 말이 꼭 자신의 얘기
같다. 잠시 멍한 선우.

강산   근데요, 채권도 종류가 많던데 뭐 사야 돼요? 이거 맞아요?

선우   (멍하다) …

강산   선우 씨? … 선우 씨!

선우   (정신 차리고) 아, 네. 뭐라고 하셨죠?

강산   채권 ETF 제대로 산 거 맞나 해서…

평소 같지 않은 선우를 보고 뭔가 눈치챈 행자.

행자	선우 씨, 미시 씨랑 무슨 일 있었어? (조심스레) 혹시… 헤어졌어?
선우	…
진배	(생각지도 못했다) 헤어져요? 두…둘이 그렇고 그런 사이였습니까?
강산	(입 막으며) 와… 대박…
선우	(씁쓸하게 웃는) 그냥… 제가 고백했는데 거절당한 거예요… 이해해요… 아무래도 제 상황이…
행자	에이, 선우 씨가 어디가 어때서!
강산	그래요 선우 씨~! 남자는 자신감이에요!
진배	그러엄~! 나한테 딸 있으면 선우 씨 소개시켜 주고 싶어!
강산	어! 형님 따님 있으시…
진배	(째려보며) 쉿.
선우	(우울) …
행자	오늘 스터디는 글렀고… 한잔 땡길까? 나도 할 말 있는데.

CUT TO

행자네 족발에 소주를 마시며 선우 얘기를 들어주는 멤버들.
행자, 선우에게 소주를 따라 주려고 하는데.

선우	(사양하는) 아, 이따 출근해야 해서…
행자	어, 그래… (강산에게 따라 준다)
선우	…3년이란 시간을 제가 어쩌겠어요… 미서 씨 흔들리는 게 당연해요…
행자	하긴. 그냥 만난 것도 아니고 결혼까지 생각했던 사람인데… 그

래도… (하는데)

진배 에췌~! 윽… (쿨럭쿨럭 계속 기침하며 갈비뼈를 만지는) 아이고…

강산 갓 블레스 유~!

행자 (강산과 라임 맞춘다) 기침 좀 가리고 해유~!

진배 (갈비뼈 만지는) 아유… 쏘 쏘리. 이상하게 자꾸…

선우 …미서 씨 덕분에 다시 주식하게 된 건데… 이렇게 된 마당에
제가 주식하는 게 무슨 의미인가 싶어요…

강산 그러게요, 예준이도 없고… 미서 씨도 없고… (술 홀짝 마시는)

행자도 소주 한잔을 들이킨다. 오늘이 마지막 주식 스터디라는
걸 말하기로 결심하고.

행자 나도 할 말 있는데… 나 사실…

그때, '띵똥(E)' 초인종 울리고.
'누구지?' 하는 표정으로 서로 쳐다보는 일동.
강산이 문을 여는데… 선우의 표정이 싸늘하게 굳는다.
보면, 진욱이 서 있다. 서로를 노려보는 두 남자.

강산 누…구세요?

진욱 아, (선우 들으란 듯이) 미서 남자 친굽니다.

그 말에 순간, 다들 선우 눈치를 보며… 어쩔 줄 몰라 한다.

진욱	미서가 여기 노트북을 두고 왔다 해서 가지러 왔어요. (선우 쳐다보며) 이제 주식 안 한대요, 미서.
선우	…
강산	(선우 눈치 보며) 아… 그…그렇구나… 하하…

진욱, 저벅저벅 들어와서 미서 노트북을 챙긴다.
다들 선우 눈치 보며 진욱을 경계의 눈빛으로 쳐다보는데…
이상하게 진욱을 자꾸 힐끔 쳐다보며 갸웃하는 강산.

강산	근데… 우리 어디서 본 적 있지 않아요?
진욱	(힐끔 보는) 글쎄요.
강산	하… 암만 봐도 낯이 익는데… (하다) 혹시 성대 나왔어요? 설마… 꾼?
진욱	(놀란) 아!! (끄덕) 네…
강산	(반갑다) 이야! 동아리 후배를 여기서 다 만나네! 진짜 세상 좁다 좁아~
행자	꾼이 뭐예요?
강산	(행자에게) 아 동아리요. 힙합 동아리. (진욱) 와~ 너무 반갑네~ 그럼 혹시 윤재 알아요? 프리스타일 일인자!
진욱	글쎄요… (갸웃하고)
강산	그럼 철호는? 크럼핑 하는 애!
진욱	(심드렁) 아 철호 형은 들어본 것 같기도 하고…
강산	어어~ 나 철호 친구야! 우리 정기 공연 때 몇 번 봤겠다! 반가워요 후배님! (팔 웨이브 타며 진욱 손 터치하면)

진욱	(웨이브 안하고 강산 손 떼며) 반갑습니다.

강산, 눈치 없이 흥이 올라 락킹하고, 선우는 표정이 굳어 간다.
눈치 보는 진배와 행자.

진배	(강산 눈치 주며) 원래 한국 사회는 몇 다리만 건너면 다 아는 사람이야. 뭐 그게 대수라고.
강산	(그러거나 말거나) 아 그럼 우리 후배님은 무슨 일 하세요?
진욱	(대충 대답하는) 아… 개발자입니다.
강산	오~~ 요즘 그 몸값 비싸다는 개발자!
진배	(개발자? 갑자기 눈이 반짝) 무슨… 회사 다니는데요?
진욱	…네이바요…

순간 진욱에게 집중하는 진배와 강산.

진배	아~ 네이바~~!!! 좋은 회사 다니시네! (180도 달라진) 저, 뭐 하나 물어봐도 됩니까? 네이바가 이번에 웹소설 플랫폼을 인수한다는 말이 있던데… 진행이 되는 건지…
진욱	아… 곧 인수한다고 들었어요. 그쪽 분야는 회사가 장기적으로 키울 계획이라고 들었습니다.
진배	그래요…? (흡족) 아유 정보 고마워요! 근데 이렇게 보니까 참… 인물이 좋으시네. 4차 산업 혁명 인재가 잘생기기까지 하면, 이거 반칙인데! 허허허!!
강산	우리 후배님 춤까지 잘 춘다고요! 하하하!!

어느새 선우의 존재를 잊고 화기애애한 진배와 강산.
행자, 줏대 없는 남자 둘 못마땅하게 보고 있는데.

선우	저… 먼저 들어가 볼게요.
행자	벌써? 아니 왜…
진욱(O.L)	(피식 비웃으며) 편의점 알바하러 갈 시간인가 보죠.
선우	…

선우, 할 말은 많지만 속으로 삭이며.

선우	…미서 씨, 행복하게 해 주세요.
진욱	그건 내가 알아서 할게요.
선우	주식은 꼭 하게 해 주세요. …좋아하니까.

선우, 멤버들에게 가볍게 목례하고 나가고, 조용히 문이 닫힌다.

진욱	(고개 절레절레) 저 나이에… 최저 시급 받고 먹고 살기 힘들 텐데… (피식) 열심히 사네.

순간 정적이 흐르고… 멤버들, 서로 스윽 쳐다보는…
순식간에 진욱을 보는 눈이 싸늘해진다.

진배	아 선우 씨~? 서울대! 나와서 다른 일 하다가… 지금은 신중하게 제2의 인생을 설계하는 중이더라구!

진욱	(살짝 놀란) !!!
강산	어디였더라? 선우 씨 되게 큰 증권사 다녔잖아요?
진배	그래~ 프랍 트레이더였잖아! 주식 초고수들만 하는!!
진욱	(어이없다) 그 말을 다 믿으세요? 다들… 조심하시는 게 좋을 것 같네요. 사기꾼일지도 모르니까.
행자	저기. 이름이?
진욱	예? …최진욱입니다.
행자	그래 최진욱 씨. 여기 다… 자기보다 10년 20년은 인생 더 산 사람들이야. 사기꾼인지 아닌지는 우리가 더 잘 알아요.
진욱	…
행자	선우 씨는 아무것도 모르는 우리한테 대가 없이 주식 알려 주는 거예요. 그런 사람이니까 자기가 좋아하는 사람한텐 또 얼마나 잘했겠어…
진욱	(표정 굳는) …
행자	근데 진욱 씨는 잘 모르는 것 같네. 미서 씨가 얼마나 주식을 좋아하는지. 아, 아닌가? 주식이 아니라… 주식 가르쳐 주는 사람을 좋아한 건가~?
강산	에이~ 둘 다죠~
행자	그른가? (하다 진욱 보고) …뭐해요? 노트북 들고 얼른 가세요.

진욱, 표정 굳는다.

#. 선우 집 전경 / 밤

28. 선우 집 앞 / 밤

　　　　엘리베이터에서 내린 선우. 보면, 현관문 앞에 택배 상자가 하나
　　　　놓여 있다.
　　　　상자를 들어 보는데… 송장에 보낸 사람이 '맛나유 딸기농원'
　　　　이다.
　　　　고개를 갸웃하는 선우.

선우　　　　딸기?

29. 선우 집 거실 / 밤

　　　　선우, 소파에 앉아 상자를 열어 보는데… 포장된 딸기와 손글씨
　　　　쪽지가 들어 있다.
　　　　선우, 쪽지를 읽어 본다.

　　　　<인서트>
　　　　구라 안치고 진짜 맛있습니다!
　　　　해외에도 수출하는
　　　　조쿠나! 우리 설향 딸기!

선우　　　　(읽는) 구라 아치고… 진짜 맛있습니다. 해외에도 수출하는… 조
　　　　쿠나 우리 설향 딸기? …뭐지? (잠시 생각하다 앞글자만 읽고, 혁!!) 구
　　　　해조?!! 미서 씨!!!!

작업복과 고무장화 차림의 제법 농업인다운 미서.

미서, 목장갑을 끼고 딸기 박스 접고 있고. 혜숙, 매서운 눈빛으로 미서를 감시하는.

그때, 딸기밭으로 얼큰하게 취한 태섭이 들어온다. 오자마자 한편에 있는 구석에 모자 벗어 던지고, 재킷 벗어 던지는…

태섭 (취한) 유미서! 내 딸!… 어여 와 봐. (안으려고 팔 벌리고)

혜숙 아니! 또 어디서 이렇게 쳐 마시고 왔댜! 차는 어떻게 하고 온 겨!

태섭 걱정 말어~ 병선이가 데려다 줬슈.

혜숙 (태섭 등짝 밀면서) 아 얼릉 뒈져! 집에 들어가서 둔 눠!

먼저 집으로 향하는 미서 부모.

미서, 점점 박스 접는 속도가 느려지다가…

엄마가 시야에서 사라지자… 슬쩍 아빠의 안쪽 주머니에 있던 폰을 꺼낸다.

미서 (핸드폰 켜는) …내 주식!! 더 녹은 거 아냐?

미서, MTS의 미국주식 계좌를 열어 보는데 순간, '헉!!!' 눈이 휘둥그레진다.

미서가 단타 쳤던 마이너스 된 3종목이 사라지고 없고. 티슬라, 애플즈, 코코콜라만 남아 있다.

미서, 놀라서 자신의 예수금을 보는데… 예수금이 2,029,600원이다.

미서   뭐야, 이 예수금은?… 하나도 없었는데?

의아한 미서, 매매 내역을 확인해보는데…
수십 번의 매도와 매수한 내역이 '쫙' 펼쳐진다.
선우가 미서를 위해 단타를 친 흔적이다.

<플래시백>
10부 #26. 선우 집 주방
새벽 상황. 노트북을 앞에 두고 식탁에 앉아 있는 선우.
가쁜 숨을 쉬며 떨리는 손으로… 미서를 위해 미국 주식 단타를
하고 있다.

<다시 현재>
자신의 복구된 계좌가 그 날 선우가 한 것임을 깨달은 미서.
울컥… 눈물이 그렁그렁해진다.

미서   선우 씨… 주식 할 수 있게 됐구나…!

미서, 바로 선우에게 전화를 거는데… 받지 않는 선우.
다시 걸어도 또 받지 않는다.
애가 타는 미서, 눈물이 쏟아질 것만 같다.

31. 고속 도로 선우 차 안 / 밤

그 시각, 운전 중인 선우. 옆에는 택배 상자에서 뜯어 온 송장이 놓여 있고, 속도 내며 고속 도로를 달리고 있다.

조수석에 놓인 선우의 폰, 진동이 울리지만, 선우 정신없이 운전 중이라 듣지 못하는…

32. 딸기 하우스 앞 / 밤

미서, 황급히 폰으로 고속버스 시간표를 보는데 서울로 가는 막차가 딱 하나 남아 있다.

미서   (중얼) 지금 가면… 탈 수 있나?

미서, 초조하게 두리번거리다가 저 멀리 밭 옆에 세워진 경운기를 발견한다. 저거다!

33. 시골길 일각 + 선우 차 안 (교차) / 밤

달달달달… 나름 전속력으로 시골길을 달리고 있는 경운기.

미서   (승질 난다) 아씨!… 이걸로 어떻게 터미널까지 가냐고!

그때, 미서 옆으로 순식간에 차 한 대가 횡 지나간다. 선우의 차다.

한편, 미서를 지나친 줄도 모르고 앞만 보고 운전 중인 선우.

268 × 269

문득 정신을 차리고 급하게 브레이크를 밟는다.

선우   (가만!) 미서 씨…?!

선우, 얼른 차에서 내린다.
선우, 차를 버리고 왔던 길로 뛰어내려 가는데…
경운기 한 대만 덩그러니 서 있다.
선우, '헉헉' 가쁜 숨을 몰아쉬며 주변을 둘러보는데 아무것도
보이지 않는다.

34. 딸기 하우스 / 밤

미서, '헉헉' 숨을 몰아쉬며 하우스 안으로 뛰어 들어온다. 두리
번거리더니 아까 전 아빠가 벗어둔 재킷을 뒤져 차 키를 꺼낸다.

미서   아빠 미안…! (얼른 뛰쳐나가는)

35. 시골길 일각 / 밤

미서, 아빠의 트럭을 운전 중이다.
미서, 운전하다 뭔가를 보고 끼익 브레이크를 밟는다.
보면, 벤츠 한 대가 길 한복판에 삐딱하게 세워져 있다.
미서, 차에서 내리는…

미서	아니 어떤 새끼가… 길에다 차를 이따위로…! (하다가) 어! 이 차!!

미서, 얼른 벤츠로 다가가서 운전석을 보는데 차 안에는 아무도 없다.

미서	(두리번거리며) 선우 씨! 선우 씨!… 어디 있어요!!

36. 딸기 하우스 앞 + 하우스 안 / 밤

선우, 헉헉거리며 멈춰 선다. 손에 든 택배 송장 주소를 다시 확인하는…
선우, 하우스로 다가가서 문을 열고 들어간다.

선우	미서 씨!

길게 펼쳐진 딸기밭. 선우, 딸기밭을 뒤지며 미서를 찾는다.

선우	미서 씨!

어느새 딸기밭 끝에 다다른 선우, 여기에도 미서는 없다.
선우, 허탈함에 '하…' 숨을 내쉬는데… 먼 곳에서 부스럭하는 소리가 들린다.
돌아보면, 딸기밭 입구에 미서가 서 있다!
딸기밭 끝과 끝에서 서로를 확인한 두 사람.

누가 먼저랄 것도 없이 서로를 향해 달린다.
미서와 선우… 딸기밭 중간에서… 멈춰 선다.
1m 거리에서 서로를 바라보고 서 있는 둘…
노란 전등이 예쁘게 반짝이고… 서로를 바라보는 두 사람의 눈에 많은 감정이 담겨 있다.

선우	미서 씨…!
미서	선우 씨…!
선우	미서 씨… 최 서방 씨한테 가지 마요!
미서	!!!!
선우	유미서… 당신의 마음을, 전량 매수합니다!

미서, 선우의 말을 듣고 놀라 눈이 커진다.
긴장한 듯 미서를 쳐다보는 선우.

미서	…매수가… 체결되었습니다!

순간, 둘의 오글 멘트에 딸기밭의 잎사귀들이 오그라든다. (CG)
서로를 바라보는 미서와 선우, 누가 먼저랄 것도 없이 달려와 와락 서로를 안는 데서…

<11부 끝>

주식 성공투자의 지름길
상한가로 슈가

EPILOGUE

11

자산을 지키는 필승법

#포트폴리오

#1. 예준 집, 방 안 / 밤

　　　　방 안에서 과자 먹으며 모니터 화면을 보고 있는 예준.

예준　　이 방송이 우리 회원님들 사이에서 핫 하던데!

#2. 슉가 유튜브 전용방 & 예준 집, 방 안 / 밤 (교차 편집, 화면 분할)

　　　　슉가, 개인 방송 화면이 보이는 방구석 한편에서.

　　　　방송 입장하는 사람들 화면 효과.

슉가　　매일 오시는 분, 어쩌다 오시는 분 모두 다 반가워요. 어서 오세
요~ 우리 오늘은 자산을 지키는 필승법~ 각자 노하우 다 풀어
보자구요! 오늘은 정말 정말 정말! 중요한 얘기를 해 드릴 겁니
다. 바로 자산을 지키는 필승법! '포트폴리오'에 관련된 이야기
를 하겠습니다.

　　　　투자의 이면에는 손실 위험성이 항상 존재하고 있습니다. 위험
을 낮추고 수익률을 높이기 위한 최적의 쌍을 찾기 위해 포트폴
리오라는 것을 만듭니다. 예를 들면 주식을 100만 원만큼 샀다
면 주식 가격 하락을 대비할 수 있는 안전 자산을 50만 원이든
100만 원이든 어느 정도 같이 들고 가는 거죠. 여기서 '위험 자
산', '안전 자산'의 개념을 잠깐 설명하겠습니다.

　　　　(CG) '자산 개념 설명' 발생

숙가

흔히 '위험 자산'이라 하면 주식, 코인, 파생 상품, 부동산도 사람에 따라 다르지만 위험 자산에 들어갑니다. 한마디로 위험이 좀 높은 대신에 수익률, 변동성이 높은 상품은 위험 자산이라고 하고요, 반대되는 자산도 있는데, 우리가 흔히 안전 자산이라고 합니다. 말 그대로 어떤 위기가 왔을 때도 안전하게 내 자산을 지켜 주는 효과가 있는 자산들을 얘기합니다. 우리가 흔히 생각하는 은행 예금도 일종의 안전 자산이고요, 채권 같은 경우에는 안전 자산의 대표 주자로 불리죠? 여러분이 좋아하는 금, 달러 역시 안전 자산이라고 할 수 있습니다.

우리는 이런 위험 자산과 안전 자산을 섞어서 포트폴리오로 가져갑니다. 이런 행동을 자산 배분, 영어로는 ASSET Allocation 이라고 부릅니다.

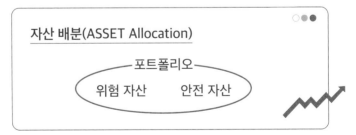

댓글 '날 쏘고 가라. 나눌 총알이 없다', '난 한 놈만 팹니다', '될 거에만 넣어야지', '형님 말씀 잘 듣고 우리라도 혹 가지 마요' 예준, 먹던 과자 내려놓으며 혼잣말로.

예준	ASSET Allocation
슉가	그럼 이제 포트폴리오에 대한 내용을 다시 한번 얘기해 보겠습니다. 아까 위험 자산과 안전 자산을 섞는다고 했어요. 왜 섞을까요?

(CG) '위험 자산 - 안전 자산 시뮬레이션 설명' 발생

슉가	예를 들어서 주식이 30% 빠졌다. 요즘 주식 시장 안 좋잖아요. 그러면은 뭐가 올라갑니까? 금 가격이 올라가고 달러 가격이 올라가고 원화 가격이 약해지고 채권 가격이 올라갑니다. 반대로 내가 달러를 갖고 있거나 금을 갖고 있는 사람들은 주식의 30%가 빠졌더라도 내가 갖고 있는 금이나 달러 가격이 20% 정도 오르면 -30%와 +20%를 합치면 나는 10%밖에 손해를 안 본 겁니다. 남들은 30% 손해를 버티느라고 이 꽉 깨물다가 이가 빠져서 임플란트 걱정하고 있는데 나는 이 하락장에서 10%밖에 손실을 안 본 겁니다.
	내 위험 자산 가격이 떨어졌을 때 다른 것으로 메워 줄 수 있는 힘! 이런 포트폴리오의 힘을 전문 용어로 '헤지(Hedge)' 한다고 표현합니다. 여러분이 아는 세계의 모든 유명한 연금 기금은 포트폴리오 자산 배분에 가장 큰 힘을 쏟고 있습니다. 왜 그럴까요?

예준　국민연금 기금의 규모를 키우려면 자산 운용을 잘해야지, 마이너스를 보면 안 되니까요.

숙가　국민연금에서 투자할 때 가장 중요한 건 어떤 종목에 투자할지를 정하는 게 아니라 이 전체 자산을 과연 몇 퍼센트 비중으로 위험 자산과 안전 자산으로 나눌까! 이 결정에 국민연금 투자 수익률의 90% 이상이 달려 있습니다.

(CG) '국민연금 자산 배분안' (별첨1) 발생

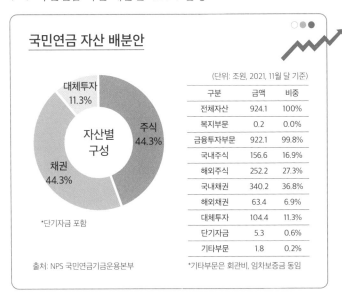

국민연금 자산 배분안		
	대체투자 11.3%	

(단위: 조원, 2021, 11월 달 기준)

구분	금액	비중
전체자산	924.1	100%
복지부문	0.2	0.0%
금융투자부문	922.1	99.8%
국내주식	156.6	16.9%
해외주식	252.2	27.3%
국내채권	340.2	36.8%
해외채권	63.4	6.9%
대체투자	104.4	11.3%
단기자금	5.3	0.6%
기타부문	1.8	0.2%

자산별 구성 — 주식 44.3%, 채권 44.3%, 대체투자 11.3%

*단기자금 포함

출처: NPS 국민연금기금운용본부　*기타부문은 회관비, 임차보증금 동임

숙가　옆에 국민연금 자산 배분안이 보이시죠? 보면 주식 비중이 나오고요~ 주식을 약 44% 정도 갖고 있네요. 채권의 비중도 약 44% 정도 갖고 있고 부동산을 포함한 대체 투자를 약 11% 정도 들고 있습니다.

(CG) '국민연금 포트폴리오 구성' (별첨2) 발생

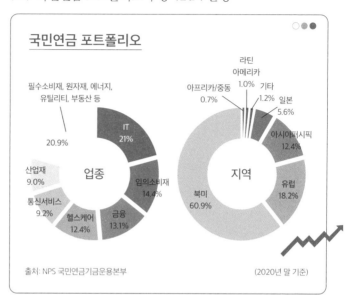

국민연금 포트폴리오를 조금 더 자세히 보겠습니다. 보면 굉장
히 자세하게 나뉘어 있죠? 업종별로도 들어가 있고요 나라별로
도 포트폴리오가 자세하게 나눠져 있는 걸 볼 수 있습니다. 이렇
게 나눈 이유는 아까도 얘기해 드렸지만 헤지(Hedge) 효과, 포트
폴리오 효과. 위험 자산 가격이 내려갔을 때도 다른 쪽이 올라가
주면서 내 수익률을 굉장히 부드럽게 유지할 수 있는 효과가 있
는 겁니다.

게다가 여기서 더 중요한 포인트가 있습니다. 우리가 흔들리는
주식 시장에서 성공을 하려면 낭언하겠지만 싸게 사고 비싸게
팔아야 됩니다.

생각보다 가격이 내려갔을 때, 남들이 공포일 땐 사기가 어려워

요. 남들이 다 산다고 가격이 올라갔을 때 안 따라가기도 어렵습니다. 나 자신을 컨트롤하고 객관적으로 가기가 너무 어렵다는 거죠. 근데 포트폴리오를 구성하면 이게 자연스럽게 됩니다. 왜 그럴까요? 간단합니다. 포트폴리오를 구성하면 여러분은 위험 자산의 비중과 안전 자산의 비중을 정하게 됩니다.

⒞ '위험 자산 – 안전 자산 구성 시뮬레이션' 발생

숙가 예를 들면 위험 자산과 안전 자산의 비율을 5:5라고 가정해 보겠습니다. 위험 자산인 주식이 50%, 안전 자산인 달러나 금을 50% 가지고 있어요.
주식의 가격이 오릅니다. 주식의 가격이 50만 원이었는데 20%가 오르면 주식의 가격이 60만 원으로 바뀌었습니다. 그리고 안전 자산은 주식이 오를 때 가격이 보통 약간 내려갑니다. 그러다 보니 나는 5:5로 설정했는데 주식의 가격이 올라 6:4가 됐어요. 그러면 생각해야 합니다. 나는 포트폴리오 비중을 5:5로 짰는데 가격 비중이 변동됐다. 그럼 다시 원래 비중으로 맞춰 주려는 행동을 합니다. 이것을 '**포트폴리오 리밸런싱**'이라고 합니다. 포트폴리오 재분배라고 얘기를 할 수 있겠죠.

⒞ '국민연금의 연평균 수익률 ; 1988년~2022년 현재 기준' 발생

숙가 옆에는 국민연금 연평균 수익률이 나오고 있습니다. 어떻게 이렇게 꾸준한 수익률을 냈냐? 정말 종목을 잘 고른 거냐? 물론

그런 것도 있겠죠. 이분들 능력이 출중한 것도 있겠지만 포트폴리오를 유지하면 자연스럽게 횡보장에서 아래서 사고 위에서 팔 수 있기 때문에 추가적인 수익률이 나온다는 것을 알 수 있습니다. 포트폴리오는 나 자신을 컨트롤할 수 있고, 내 마음을 편안하게 만들 수 있는 가장 좋은 효과가 있다고 할 수 있겠죠.

예준, 영상 시청하다가 채팅 창에 질문을 적는다.

예준   (E) 포트폴리오 만드는 건 얼마 만에 한 번씩 하면 되나요?
숙가   4학년5반주식왕 님~ 포트폴리오 조정, 흔히 리밸런싱이라고 얘기하는데요 이걸 언제마다 한 번씩 하나? … 정해진 기간은 없습니다. 흔히 연기금 같은 경우는 짧으면 3개월, 길면 6개월, 1년 이렇게 하는 경우가 있습니다. 개인도 정해진 기간은 없는

데 박스권 상하단에서 하는 방법도 있고요. 아니면 최근에 굉장히 많이 빠지거나 굉장히 많이 올랐다면 리밸런싱 기간을 줄이는 방법도 있습니다.

하지만 가장 중요한 건 항상 **꾸준한 비율을 유지할 수 있도록 나 자신을 컨트롤하는 겁니다.** 포트폴리오의 위험 자산과 안전 자산 비중은 얼마로 하는 게 좋을까요? 바로 여기서 여러분들이 공격적인 투자자인지 방어적인 투자자인지 결정됩니다. 코인을 산다고 공격적인 투자자가 아닙니다. 위험 자산의 비중을 어떻게 높이고 낮추냐에 따라 공격적인 투자자라고 할 수 있습니다. 옛날에는 이런 말도 있었습니다. '(100 - 나이 = n%)'의 **비중**으로 투자 비중을 가져가라. 예를 들면 내가 스무 살이면 100에서 20을 빼면 80이니까 한 80%만큼 공격적인 투자를 하고 '내 나이가 60이면 그 비중을 줄이고' 이런 표현을 많이 쓰는데 요즘에는 사람들이 조금 더 공격적으로 가긴 하죠. 하지만 나를 생각해서 내가 좀 더 견딜 수 있는, 여전히 얘기하지만~ 투자 근육에 따라서 투자 비율을 조정하면 되지 않을까 생각합니다.

오늘 포트폴리오의 힘에 대해서 얘기해 봤습니다. 아마 가장 중요한 시간이 아니었나 생각되는데요. 다시 한번 말씀드리지만 포트폴리오 구성은 왜 하는 거다? 자산을 지속적으로 가져가면서도 잃지 않기 위해서입니다.

투자의 제 1 원칙
잃지 않는 투자를 위해!

반면에 이건 있습니다. '아니 형! 남들은 100% 벌었는데 저는 50%밖에 못 벌었어요! 안전 자산 가져가다가…' 그게 바로 욕심을 버리는 겁니다. 남들에 비해서 덜 잃고 대신 실링(Ceiling), 벌 수 있는 수익률의 폭도 좀 제한되죠. 다만 덜 잃는 게 더 중요하기 때문에 잃지 않기 위해서라는 걸 항상 생각하시고요~

그럼 똑똑한 자산 관리하는 여러분이 되기를 기대하면서 전 여기까지였습니다. 안녕~

방송 종료되는 화면 효과.

12부

파도는
다시 온다

1. 딸기 하우스 안 / 밤

미서와 선우, 애틋하게 껴안고 있다.
안고 있던 팔을 풀고 서로를 바라보며 웃는 두 사람.

선우 (미서 손잡으며) 얼른 가요.

미서 (미소 지으며 끄덕이는데)

혜숙(OFF) 최 서방…?

선우와 미서, 놀라서 딸기 하우스 입구를 보면,
혜숙이 가느다랗게 실눈을 뜨고 선우를 뚫어져라 쳐다보고 있
다. 긴가민가한 표정.

선우 (꾸벅 인사하며) …최 서방이 아니라 최선우라고 합니다.

혜숙 최선… (화들짝) 뭐?!! 그 반찬 도둑?!! 이제 남의 집 딸내미까지 훔
쳐 가려고 왔구먼!! (선우가 미서 잡은 손 보며) 그거 딱 내려놔유!

선우, 뜨끔해서 손에 힘을 푸는데, 미서, 단호한 표정으로 선우의 손을 꼭 잡고…
혜숙, 그걸 보고 기가 차다는 표정.

2. 미서 시골집 / 밤

술상 앞에 꿇어앉아 있는 미서와 선우.
맞은편엔 기막힌 표정의 혜숙과 선우를 노려보는 태섭.
태섭, 술병 집으려 하자 선우가 얼른 거드는데.

선우   아, 아버님 제가…
태섭(O.L)   내가 왜 그짝 아부지여! 됐슈! 나도 손 있으니께.

태섭, 자작해서 홀짝 마시고, 싸늘해진 분위기…
미서, 어쩔 줄 몰라 하고.
선우, 침착하게 집안을 둘러보다가… 장식장 안의 야구 사인 볼하나를 본다.

선우   야구… 좋아하세요? 전… 한화 이글스 팬입니다.
태섭   (피식 웃으며) 이이~ 내가 충청도니께… 점수 딸라고 하는 말이쥬?
           한화 누구 좋아하는 디유? 뭐… 류현진이? 갸는 전 국민이 다 좋
           아 햐~
선우   …다른 선수들도 좋지만 전 정민철 선수를 제일 좋아합니다.
태섭   (!! 의외다) 저…정민철? 민철이는 옛날 선수잖어… 왜 좋아하는

디유?

선우   MVP나 골든글러브상은 한 번도 못 받았지만… 직구로는 최고잖아요.

태섭   그치… 돌직구잖여.

선우   네. 그리고… 정민철 선수가 했던 말이 제 마음에 많이 와닿아서요…

태섭   뭔… 말?

선우   한화는 날 있게 해 준 기반이다. 다이빙으로 치면 도약대고,

태섭   (자기도 모르게) 육상으로 치면 스타트 지지대 같은.

선우/태섭   (서로의 눈을 바라보며 합창하듯) 내 삶을 지켜 준 발판이었다!

선우와 태섭, 어쩐지 감동에 젖은 눈빛.

선우   …저한테 미서 씨가 그렇습니다. 제가 다시 제대로 살 수 있게… 세상에 나아갈 수 있게 만들어 준… 도약대고… 지지대고… 발판이 되어 준 사람입니다.

태섭/혜숙/미서 (심쿵) !!!

선우   그리고 미서 씨는… 저를 알아봐 준 사람이에요. MVP가 아니어도… 정민철의 실력을 믿어 준 팬들처럼, 아무도 알아봐 주지 않은 저를 응원해 준 사람입니다. 그래서 미서 씨를 좋아하게 됐습니다.

선우에게 잠시 젖어들었다가… 이내 고개를 세차게 저으며 정신 차리는 태섭.

태섭	큼… 그짝이 같이 주식하자고 꼬셨담서? 애를 아주 주식에 미친 뱅신으로 만들어 놨더만!
선우	죄송합니다…
미서	그런 거 아니야! 주식은 내가 좋아서 한 거고 선우 씨는 잘못 없어요.
태섭	(말 돌리며) 그리고 남자가 말여… 임자 있는 애를 꼬시고 말여… 그런 법은 없는 거거든~
혜숙	(궁시렁) 엄밀히 말하면 임자 있는 몸은 아니지~ 식도 안 올렸는데.
태섭	큼…

미서, 갑자기 비장한 표정으로 혼자 술을 따라 원샷해버린다. 술잔 탁 내려놓고.

미서	(비장) …아버지! 어머니! 죄송합니다!
태섭/혜숙	(깜짝 놀라는)
미서	엄마 아빠 속인 건 진짜 잘못했어요. (진지) 근데… 나 이 사람 진짜 좋아. 정말 좋아해.
선우	(보는) …
미서	(비장) 알기 쉽게 설명할게. 내가 딸기라면! 이 사람은… (두리번대다 방에 굴러다니는 완충제 집어) 이 스티로폼 완충제 같은 사람이야!!

선우, '완충제?' 괴상한 비유에 '풉!!!' 웃음이 터지지만 이내 표

정을 다잡는.

혜숙	뭔 소리여!
미서	완충제만 있으면 딸기는 저~기 땅끝 마을도 갈 수 있고 해외 수출도 할 수 있잖아. 선우 씨는 내가 안 다치고 뭐든지 할 수 있게 날 지켜 주는 사람이야.
선우	(옅은 미소 짓는)
미서	이 사람만 있으면 나는, 맘 놓고 활개 칠 수 있다고!! 이렇게 좋은 사람… 그리고 이렇게 내가 좋아하는 사람 놓치면 진짜 후회할 것 같아.

혜숙과 태섭, 미서의 진심 어린 말을 듣고 잠시 생각하는.

태섭	…술… 혀? (술병을 드는)
선우	아, 운전해야 돼서 술은 다음에 와서 하겠습니다. (미서를 바라보며) 미서 씨, 데려가야 하니까요.
태섭/혜숙	(뭉클) 이이… / 그려…

3. 미서 시골집 앞 / 밤

선우 차 앞에 미서와 선우 서 있다. 둘을 배웅하려고 나온 태섭과 혜숙.

태섭	늦었는디… 자고 가지…

선우   조만간 정식으로 인사드리러 오겠습니다.

혜숙   (보따리를 미서에게 건네며) 그… 반찬 좀 쌌어… 노나 먹든가. 큼…

선우   (미소) 어머님 간장쥐포조림… 정말 맛있었습니다. 잘 먹겠습니다.

혜숙, 괜히 부끄러워 '큼…' 헛기침하고… 미서와 선우, 차에 탄다.

선우, 다시 한번 태섭과 혜숙에게 머리 숙이고…

미서   도착해서 연락할게요~ (손 흔드는)

선우와 미서가 탄 차가 떠나고…

자리에 서서 떠나는 차를 바라보고 있는 미서 부모.

혜숙   사람 홀리는 재주가 있구먼…

태섭   음… 모르긴 몰러도… 한화 팬이면 사람은 진국이지. 성격은 거진… 보살이라고 봐야 혀. 하늘이 두 쪽 나도 미서를 버리지는 않겄어.

혜숙   에휴… 지들이 그렇게 좋다는 디 뭐. 쯧… 드갑시다.

\#. 미서 집 전경 / 밤

12부   파도는 다시 온다

4. 미서 집 앞 / 밤

반찬통 보따리 들고 서 있는 선우와 미서.
헤어지기 아쉬워 쭈뼛거리는 두 사람.

선우   피곤할 텐데… 들어가요.
미서   네… 선우 씨도 운전하느라 피곤하겠다… 가서 푹~자요.
선우   네… 미서 씨도 잘 자요. 아, 여기… (반찬 건네는)
미서   (받아들며) …그럼 진짜 잘 가요…
선우   …네. 일어나면… 연락해요.

미서, 꼼지락대며 도어 록 비밀번호 누르고 괜히 선우를 한 번
더 쳐다보고 안으로 들어간다.
'쾅' 닫힌 문. 선우, 괜히 아쉬운 마음에 오도카니 서 있는데… 이
내 다시 문이 열린다.
미서, '봄날은 간다' 이영애처럼 맑고 산뜻하게 한마디 날리는…

미서   미국 주식… 하고 갈래요?

선우, 무슨 뜻인지 알아차리고 '씨익' 웃는다.

선우   좋아요.

5. 미서 집 안 / 밤

문이 채 닫히지 않았는데 키스하면서 들어오는 미서와 선우.
'달칵…' 현관문이 닫히고… 페이드아웃.
<타이틀>
- 파도는 다시 온다 -

#. 족발집 전경 / 낮

6. 족발집 / 낮

점심시간 후 한차례 폭풍이 지난 족발집.
행자, 바쁘게 테이블 치우고 있는데 강산이 호들갑스럽게 다가 온다.

강산   베로니카~ 베로니카~! 그거 봤어요? SG화학 목표 주가가 하향 조정됐어요. 아무래도 차량용 반도체칩 수급 이슈 때문이겠죠? 최근 유가도 상승하고…

행자(O.L)   (냉랭) 나 이제 주식 안 해요.

강산   네? 왜요…??

행자   그냥… 흥미가 없어졌어요. 주식도 이미 다 팔았고.

강산   (놀란) 예?!!

행자   아, 그리고 예전처럼 쉬는 날 없이 가게 문 열 거예요. 괜찮죠?

강산   …베로니카야 말로 괜찮아요?

행자   뭐가요?

강산	베로니카… 쉬는 날에 주식 공부도 하고… 등산도 가고… 주주 총회도 가고 좋았잖아요. 주식, 대체 왜 안 하겠다는 건데요?
행자	강산 씨가 신경 쓸 일 아니에요. 근데 강산 씨야말로 주식 왜 해요?
강산	네…?
행자	어머님이 하신 말씀이 일개미가 되라는 거지, 주식 판의 개미가 되라는 말이겠어요? 정신 좀 차려요 강산 씨도.
강산	(정곡을 찔렸다. 살짝 상처 받은 표정) … 그래도 자신을 좀 소중히 해요, 베로니카. 너무 일만 하지 말고, 하고 싶은 거 다 하고 살라고요.
행자	…하고 싶은 거 다 하고 살라고요? (실소) 우리 남편도 나한테 그렇게 말했어요… 그 말만 믿고 결혼했다가… 이날 이때껏… 이렇게 고생만 하고 삽니다. 놈팽이들 단골 멘트 지겹다 지겨워.
강산	(충격)…!! 놈팽이요…?
행자	놈팽이 맞잖아요. 집이 있어, 돈이 있어, 배워 놓은 기술이 있어? 나이가 마흔인데 제 한 몸도 건사 못하잖아요. 그러면서 무슨 주식을 한다고… 언제까지 놈팽이처럼 살래요?

행자, 주방으로 들어가 버리고… 충격 받은 강산, 그대로 가게를 뛰쳐나가 버린다.

7. 거리 일각 / 낮

하염없이 길을 걷고 있는 강산, 생각에 잠긴 표정이다.

행자(E)	언제까지 놈팽이처럼 살래요? 놈팽이처럼! 놈팽이! 놈팽이!

에코로 울려 퍼지는 '놈팽이'
이내 전화를 꺼내 어디론가 전화를 거는 강산.

강산	(통화) …네, 매형… 저번에 말씀하신 공장 일… 저 할게요.

강산, 전화 끊고, 비장한 표정으로 앞을 바라보는…

8. 진배 집 / 낮

방에서 나오는 진배, 식은땀을 흘리며 안색이 창백하다.

진배	여보… 여보…?

하지만 아무도 없는 집. 진배, 갈비뼈를 만지며 고통스러워한다.
겨우 걸음을 옮기다… 그만 '쿵!' 쓰러지고 마는 진배.

진배	으으…

점점 의식을 잃어가고… 눈이 감기는 진배.
'(E) 애용애용-' 앰뷸런스 소리.

9. 병원 응급실 복도 / 밤

진배를 실은 이동식 베드를 밀며 급하게 응급실 안으로 들어가
는 구급 대원들과 의사.
연자, 울부짖으며 따라가는.

연자　　여보! 정신 좀 차려 봐! 여보!!

10. 병원 입원실 / 밤

병실에 누워 있는 진배, 팔에 깁스, 그리고 복대를 차고 있다.
걱정스러운 표정의 연자에게 진배 상태를 설명하는 의사와 간
호사.

의사　　골절된 늑골이 폐를 찔러서 내부 출혈이 있었습니다. 조금만 더
　　　　늦게 발견하셨으면 정말 큰일 날 뻔했습니다.
연자　　(가슴이 덜컹) …지금은 괜찮은 거죠?
의사　　네, 수술 잘 됐고요. 뼈 붙을 때까지 푹 쉬시면 됩니다. 나이가 있
　　　　으셔서 시간은 꽤 걸리겠지만, 이 정도라 다행입니다.

　　　　의사, 간호사, 나가고… "감사합니다, 선생님!" 꾸벅 인사하는
　　　　연자.
　　　　진배, 살짝 눈을 뜨고 얕은 한숨을 쉰다.
　　　　원망스러운 눈빛으로 진배를 보는 연자.

연자	…들었지? 당신 죽을 뻔했대!
진배	…귀는 안 다쳤어… 수술 잘 됐다잖아.
연자	사람이 늙으면 둔해진다더니… 갈비뼈 부러진 것도 모르냐고 어떻게~! 내가 오토바이 타지 말고 가만있으라 했지?
진배	나도 속상해, 나도!… 아우 힘들어 그만해…
연자	늙어서 노망난 거야? 왜 그렇게 맘대로야?
진배	거, 말끝마다 늙었다 늙었다… 나가… 나가…
연자	어유~ 증말!

속상한 연자, 병실 밖으로 나가 버린다.
연자가 나가는 것을 말없이 보던 진배, 옆에 있던 거울을 들어
자신을 본다.
어쩐지 더 초라해 보인다. 손으로 자기 얼굴을 만지는 진배.

진배	…많이 늙기는 늙었네. 김진배… 언제 이렇게 됐니… 진짜… 이제는 숨만 쉬고 살아야 하나 보다…

진배, 슬픈 표정으로 휴대폰을 꺼내 MTS를 켜고… 모든 주식을
매도하려 버튼 누르는데.
'띵!' '<알림> 해당 주문 접수 시간이 아닙니다' 거절당하고 핸드
폰에 대고 버럭 한다.

진배	너도 나 늙었다고 무시하냐! (또 아프다) 아야야…

'삐비비빅' 스톱워치에 알람이 울리고, 버튼을 눌러서 알람을 끄는 예준 모(母).

예준, 풀고 있던 시험지를 엄마에게 내민다. 예준 모(母), 채점을 시작하는…

예준 모   (채점하면서) 시간 좀 빠듯했네. 한 문제에 1분 넘어가면 안 되는 거 알지?

예준   …네.

예준 모   경시대회 3일 남았어. 기출문제집 하루에 한 권씩 풀고 가야 돼.

예준   네…

예준 모   엄마 동생들 씻기고 올 테니까, 틀린 거 오답 노트 쓰고 있어.

예준 모(母) 나가자, 예준, 깊은 한숨을 쉰다.

그러다 슬쩍 눈치 보더니 서랍에 있던 휴대폰을 꺼내 MTS를 켜 보는 예준.

당근까지 해 가며 물타기 했던 종목이 어느새 많이 올라 있다.

표정이 확 밝아지는 예준.

예준   (웃음) 거 봐, 내가 뭐랬어! 기다리면 오른다고 했잖아!

예준, 신나서 주린이 단톡방에 '여러분! 제가 말했듯'까지 쓰다가 멈칫한다.

예준   …아… 나 이제 스터디 안 하지…

쓰던 카톡을 지우는 예준, 슬픈 얼굴이다.
휴대폰을 책상 서랍에 넣어 버리고 속상한 마음에 책상에 엎드린다.

#. 옥탑방 전경 / 낮

12. 옥탑방 / 낮

미서와 선우, 같이 손잡고 옥탑방 문을 연다. 하지만 아무도 없는 썰렁한 옥탑방.
둘, 자리를 잡고 앉는다. 시계 확인하는 선우.

선우   시간 다 됐는데… 아무도 안 왔네요?
미서   오늘 맞죠? 시간을 착각했나?
선우   …연락해 볼까요?
미서   내가 할게요!

미서, 주린이 단톡방에 카톡을 보낸다.

<인서트> 주린이 스터디 단체방

미서 - 여러분! 제가 돌아왔어요~ (이모티콘) 얼른 스터디 오세요~

몇 초 후, 읽음 표시 숫자가 사라지고…

진배 - 나는. 주식. 이제 안 하려고 하네.

\<김진배 회원님이 나갔습니다.>

행자 - 나도 일이 바빠서 이제 못 나가요.

\<정행자 회원님이 나갔습니다.>

예준 - 저도 수학 올림피아드 준비해야 해서…

\<임예준 회원님이 나갔습니다.>

미서와 선우, 모두 나간 단톡방을 보며 당황한다.

미서   뭐예요…? 나 없는 동안 무슨 일 있었어요?!

선우   그러게요… 별 다른 일 없었는데!!!

미서   (충격) 갑자기 이럴 분들이 아닌데… 무슨 일이 있었던 거야… 이게 뭐야… 다들 주식을 안 한다니…

선우   아무래도 좀 이상한데… 한번 찾아가 볼까요?

미서   (끄덕) 네.

13. 족발집 / 낮

정신없이 바쁜 행자네 족발집.

행자, 카운터에서 계산하고 있고, 그 옆에 서 있는 미서와 선우.

미서   이모… 진짜 주식 안 하실 거예요?

행자   응. 안 해. 그동안 시간만 버린 거 같아. 그 시간에 족발 하나라도 더 팔 걸.

| 선우 | 행자 회원님은 워낙 감이 좋으시고 스터디도 열심히 하셨으니까 앞으로 더 잘하실 거 같은데. |
| 행자 | (눈 피하며) 됐어~ 나 딸내미 유학도 보내야 되고… 사실 이미 다 팔았어. 나 같은 사람이 주식 해서 뭐해~ 족발이나 잘 삶으면 되지! |

선우와 미서, 자조적인 행자의 말에 속상하다.

미서	평생 일만 하다가… 주식으로 세상 보는 눈이 넓어졌다고 좋아하셨잖아요.
행자	…
미서	이모님 인생에 족발과 따님을 빼면… 뭐가 남죠?
행자	(마음 흔들리지만 애써) …나 너무 바빠서… 이제 그만 가 줘.

그때, 손님이 들어오고.
행자, 애써 더 밝게 맞이하는.

| 행자 | 어서 오세요~! |

행자, 손님 따라 홀 쪽으로 도망치듯 가버리고…
선우와 미서, 하는 수 없이 가게를 나간다.

14. 병원 입원실 / 낮

12부　　　　파도는 다시 온다

진배가 입원한 병원에 찾아온 미서와 선우.

침대에 기대앉은 진배는 모든 의욕을 잃은 듯 텅 빈 눈을 하고 있다.

선우   그럼 그때 기침할 때 아프다고 하신 게…?

진배   (쓸쓸하게 다른 데 보며 웃는) 응… 몰랐는데 갈비뼈가 부러졌던 모양이야…

미서   근데 왜 주식을 안 하신다는 거예요? 퇴원하고 다시 하시면 되잖아요, 주식!

진배   아니… 됐어. 내 꼴을 좀 봐. 난 그냥 힘없고 쓸모없는 노인네야. 이런 내가 주식은 해서 뭐하겠어. 다 부질없지… 주식도 이미 다 팔았네.

미서   (놀라) 아저씨…!!

선우   …주식 투자는 정년퇴직도 없고 나이가 들었다고 홀대할 사람도 없어요. 백세 시대니까 아직 투자할 수 있는 시간이 30년은 더 남았는데… 진짜 이렇게 끝내실 거예요?

진배   (착잡하고 마음이 흔들리지만) …응. 끝낼 거야. 이제 돌아들 가 봐. 난 좀 쉬어야겠어… (돌아눕는)

15. 선우 집 / 밤

미서와 선우, 마주 앉아 밥 먹고 있다.

침울한 표정의 미서, 밥맛이 없는지 깨작댄다.

그런 미서를 걱정스럽게 보는 선우.

미서	다들 갑자기 왜 이러시는지 모르겠어요…
선우	그러게요. 며칠 전만 해도 포트폴리오도 새로 짜고… 의욕적이셨는데…
미서	(한숨) 하아… 어떻게 해야 되지…?
선우	음… 진배 회원님은 예준이가 오면 분명 돌아오실 거예요.
미서	그렇겠죠? 아! (카톡 찾아보며) 예준이 수학 올림피아드가 내일이었던 것 같은데. 찾아가 봐요. (하다) 그럼 행자 이모는…?

일어난 선우, 종이 한 장을 가져와 미서에게 건넨다.

미서	(건네받으며) 이게 뭐예요?
선우	저번에 강산 씨가 여기서 자고 간 날 있잖아요. 이런 걸 두고 갔더라고요?

종이를 자세히 보더니 이내 '씨익' 웃는 미서.

(4b연필로 그린 행자 크로키화. 그림은 안 보인다)

#. 족발집 전경 / 아침

16. 족발집 / 아침

영업시간 전. 용선, 진주가 주방에서 영업 준비하고 있다. 행자가 들어온다.

그림을 갖다 놓는 미션을 받고 수행한 용선, 행자를 힐끗 의식한다.

진주	오셨어요!
용선	(미소) 정 사장 왔나? 아, 온돌방 정리해야 되는데!
행자	응, 내가 할게~

CUT TO

행자, 가게 온돌방을 청소하고 있는데… 예림이 급히 가게로 들어온다.

예림	엄마~!! 오늘까지 학비 입금해야 돼! 빨리빨리~!!
행자	알았어.

행자, 핸드폰을 꺼내 은행 앱을 켠다.
행자 마음도 모르고 물색없이 신난 예림.

예림	아빠 땡큐~! 아빠 덕분에 뉴욕도 가고~ 이렇게 내 인생을 도와주시네!

행자, 은행 계좌에 있는 돈을 아련히 바라본다. (2000만 원대) 어쩐지 심란한데…
그때, 방석 위의 그림 (15씬과 동일) 하나가 눈에 들어온다.

행자   이건… (그림 들어 보는)

4B연필로 그린, 일하고 있는 환한 미소의 행자 크로키화다.
"3번에 사이다 서비스!"
행자가 했던 말까지 적혀 있다.
강산의 애정이 느껴지는 그림에 가슴이 뭉클한 행자.

행자   (눈물 글썽) 이런 건 언제 그렸대…
예림(off)   아 엄마! 빨리빨리!!

행자, 종이를 소중히 내려놓고… 예림을 보다 이내 차분하게 입
을 뗀다.

행자   …예림아. (앞치마 벗으며) 뉴욕에 가고 싶니?
예림   어? 응! 가고 싶어.
행자   엄마도 가고 싶어.
예림   …응?
행자   (앞치마 씌워 주는) 뉴욕에 가고 싶걸랑, 네가 벌어서 가. 시급은
          만 원.

행자, 외투 들고 비장하게 가게 밖으로 나간다.
황당한 표정으로 '엄마!!' 외치는 예림.

17. 거리 일각 / 아침

가게에서 나와 달리는 행자.

그때, 쨍한 햇살에 멈춰 서 하늘을 올려다보면…

(2부 25씬의) 하늘 우측 상단, 두둥실 떠오른 행자 남편의 모습.

남편(E)	행자야! 이제 자유롭게 살아 봐라!
행자	(쩌렁쩌렁하게) 오케이~!!

18. 병원 입원실 / 아침

상구와 진배, 앉아 있다.

진배, 자신을 딱하게 바라보는 상구의 눈빛이 괴롭다.

상구, 사온 우유에 빨대를 꽂아 건넨다.

상구	마셔야.
진배	…안 먹어!
상구	에헤이~ 우유를 마셔야 언능 뼈가 붙제!
진배	아, 안 먹는대두! 너나 마셔!
상구	(할 수 없이 우유 쪽 마시는) 오도바이 그거 조심해야 써. 사고 나는 건 한순간이여야.
진배	할리… 이참에 영식이한테 팔아 버릴까 싶다.
상구	암 그라제, 니는 주식해 갖고 그 돈으로 티슬라 사브러!
진배	…나 주식도 그만뒀어.
상구	(급 버럭) 뭐라고야?! 주식을 왜 그만둬부러?! 갈비뼈가 뿌러졌제

손꾸락이 부러졌냐!! 뭔 말도 안 되는 소릴 하고 자빠졌대.

진배   (쓸쓸하게 웃는) 늙어서 괜히 주식한다고 설치지 말고, 쥐 죽은 듯이 사는 게 나은 것 같아서…

상구   (울컥) 왜야! 왜 주식을 안 한디!! 해야! 하라고야!

진배   너… 왜 이렇게 화를 내!

상구   내가 유일하게 널 이겨 먹는 게 주식이었는디 왜 안하냐고야! 제대로 해 보지도 않고 왜 그만두냐고! 내 인생 라이발이 닌디, 이라고 기권해 버리는 게 어딨냐!

진배   내가 네… 라이벌이었어?

상구   글제! 내가 네 따라간다고 을매나 가랑이가 찢어지게 노력을 한 줄 아냐! 닌 어릴 때부터 공부도 잘해 블고! 서울로 대학도 갔잖애!

진배   그러는 넌! 돈 잘 버는 사장님이잖아! 주식도 잘하고! 부동산도 잘 되고! 게다가 너는! 얼굴도 부리부리하니 이국적으로 생겼잖아!!

상구   뭐야?!

진배   너 인마 분명 조상 중에 색목인 있어! 토종이 코가 그렇게 오똑할 수가 없어!

상구   왐마! 그라는 니는! 중저음의 목소리가 허버 좋잖애!! 니 목소리 들으면 사람들이 성운줄 알고 솔찬히 놀란다고야! 그리고 넌! 제수씨랑 아직도 금슬도 좋고! 염병… 난 세 번이나 갔다 왔는디!

진배   그것도 재주야! 넌 대신 애인도 있잖아!

상구   아, 조강지처가 좋더라!!

알 수 없는 이유로 씩씩거리는 두 사람.

진배	근데… 우리 왜 이렇게 싸우는 거냐?
상구	몰라! 긍께 다시 주식하라고야! 네가 뒷방 늙은이가 되블믄 나도 똑같은 신세가 됭께! 알겠냐? 나는 죽을 때까지 쌩쌩하게 너랑 싸우고 라이발 할 거니께 그런 줄 알아라잉!
진배	(코끝이 찡하다) …상구야.
상구	(코끝이 찡하다) 멀쩡히 살아 있는데 왜! 왜 쥐죽은 듯 사냐고… 그러지 마야.

진배, 친구의 진심 어린 말에 차오르는 눈물을 억지로 참는다.

19. 학교 정문 앞 / 낮

정문에 '제46회 초등부 수학 올림피아드 대회 시험장' 현수막 걸려 있고.
시험을 마친 예준, 터덜터덜 정문을 나오는 그때,

미서/선우(OFF)	예준아!
예준	(돌아보는데 미서, 선우다) 어?
미서	(다가와) 시험은 잘 봤어?
예준	네, 잘 봤어요… 잘 지내셨어요?
선우	예준이가 없어서 허전하더라.
예준	…

선우	예준아, 너 나사에서 일하는 꿈, 아직 유효하지?
예준	(끄덕) …유효해요.
선우	그러려면 우선 대학 가서 우주 공학 공부를 열심히 해야 해. 그리고 해야 될 게 하나 더 있는데. 그게 뭘까?
예준	…경제적 자유요. 미국 가야 되니까.
선우	맞아. (머리 쓰다듬는) 역시 넌 알고 있을 줄 알았어. 그리고… 예준아. 중요한 순간엔 네 목소리를 낼 줄도 알아야 해.

예준, 선우의 말에 무언가를 깨달은 눈빛이다. 그때,

예준 모(OFF)	예준아!

보면, 멀리서 다가오는 예준 모(母). 당황하는 선우와 미서.

미서	선우 씨, 튀어요!

선우 팔 잡고 도망가는 미서.
예준 모(母), 예준에게 다가온다.

예준 모	방금 누구…?
예준	아, 그냥… 길 물어보던데요.
예준 모	아… (예준 손잡고 걷기 시작) 어땠어? 시험 잘 봤어?
예준	네… 잘 봤어요.
예준 모	시간 안 부족했고? 다 풀었지?

예준	네…

갑자기 멈춰 선 예준, 엄마의 손을 빼고 용기 내어 한마디 한다.

예준	엄마… 하나 물어보고 싶은 게 있어요.
예준 모	??
예준	엄마 아빠는 저를 어떻게 키울지 경제적 플랜이 갖춰져 있나요?
예준 모	…뭐?!!
예준	저랑 동생 둘. 직업 군인인 아빠의 월급만으로는 키우기 빠듯하시죠?
예준 모	애…얘가 뭔 소리야! 그런 건 엄마 아빠가 알아서 할 테니까 너는 공부나…
예준(O.L)	저는 당장에 수학 문제 하나 더 맞히는 것보다 주식하면서 경제에 눈 뜨는 게 더 중요하다고 생각해요. 나사에서 일하고 싶은 제 꿈을 위해서요.
예준 모	(같잖다) 임예준! 너 또 주식 얘기하면 엄마한테 진짜 혼나?
예준	저는 과학고에 진학해 고2쯤 조기 졸업을 하고 미국 메사추세츠 공대로 유학 갈 생각입니다. 전공은 항공우주공학과로 정했고요.
예준 모	(벙찐) 뭐?
예준	학비는 약 5만 3천 달러. 기숙사를 이용하게 될 경우 추가 비용 1만 7천 달러 정도가 발생합니다. 50프로 정도는 장학금을 받는다 쳐도 생활비에다 물가 상승률까지 고려했을 때 4년간 23만 달러. 2억 7천만 원 정도는 필요할 것 같은데… 우리 집 형편

엔… 아무래도 힘들겠죠?

예준 모   (괜히 버럭) 얘는!! 커…커서 뭐가 되려고 어린애가 이렇게 돈돈 거려!!

예준   제가 돈돈거리는 이유는! 제 꿈은 절대 포기할 수 없고! 우리 집은 애가 셋이며! 저는 엄마 아빠의 노후를 망치고 싶지 않기 때문입니다! 그래서 제 학비는 제가 주식으로 벌 생각이구요. 문제 있나요?

예준 모   (말문이 막힌) 하…!

20. 공장 앞 / 낮

잠바 유니폼 입고 있는 강산과 행자가 공장 앞 벤치에 앉아 있다.

행자   미서 씨한테 들었어요. (유니폼 보며) 공장 일은 할 만해요?

강산   글쎄요… 뭐랄까… 쉴 새 없이 돌아가는 기계의 한 부품이 된 느낌이랄까? 꼭 모던 타임즈의 찰리 채플린이 된 것 같아요. (씁쓸하게 웃는)

두 사람 사이에 잠시 정적이 흐르고…

행자   …예림 아빠 그렇게 일찍 가고… 앞만 보며 살았어요, 나… 생각해 보니… 강산 씨랑 주식했던 모든 순간들이 즐거웠어요. 태어나서 처음 느껴 보는 감정이었어요… 심한 말 했던 거 미안해요. 강산 씨는 강산 씨 그 자체로 멋진 사람인데…

강산	베로니카…!
행자	나를 소중히 하라고 말해 준 거 고마워요. 그치만 나는 먹여 살려야 할 딸도 있고, 조옥당 식구들도 챙겨야 하구… 그리고…
강산(O.L)	같이 해요.
행자	네?
강산	(진지) 나, 베로니카 좋아해요. 베로니카는 내가 갖고 있지 못한 많은 걸 가진 여자예요. 리더십, 포용력, 센스… 그리고… 귀여움까지.
행자	(얼굴 붉어지는)
강산	그러니까 혼자 다 짊어지려고 하지 말고. 나랑 같이 해요, 베로니카.
행자	(두근) 강산 씨…!

그때, 긴급재난문자 알림음(E) 요란하게 울리고.
각자의 폰을 확인하는 강산과 행자, '헉!' 놀란다.

21. 거리 일각 / 낮

터덜터덜 걷는 미서와 선우.
그때, 긴급재난문자 알림음(E) 요란하게 울리고.
각자의 폰을 확인하는 미서와 선우, '헉!' 놀란다.

선우	빨리 가요!
미서	(끄덕!)

22. 학교 정문 앞 / 낮

그때, 예준의 폰에도 긴급재난문자 알림음(E) 요란하게 울리고.
폰을 확인하는 예준, '헉!' 놀란다. 이내 비장한 얼굴로 엄마에게
말한다.

예준   늦지 않게 들어갈게요!

반대쪽으로 달려가는 예준. "임예준!" 부르다 허망하게 바라보
는 예준 모(母).

23. 병원 입원실 안 / 낮

누워 있던 진배 폰에도 긴급재난문자 알림음(E) 요란하게 울
리고.
폰을 확인하는 진배. '헉!' 놀란다.

24. 몽타주 / 낮

옥탑방으로 달려가는 비장한 얼굴의 강산/행자/미서/선우/예
준 다섯 명의 분할 컷.

25. 옥탑방 안 / 낮

강산, 행자, 미서, 선우, 예준, 모두 모여 있다.

12부   파도는 다시 온다

다들 다시 모인 기쁨에 촉촉해진 눈빛, 화기애애하다.

미서	진짜 다신 못 보는 줄 알고 얼마나 걱정했는지 알아요? (울먹)
선우	(쓰담쓰담) 왜 또 울려고 해요…
예준	(가만히 선우, 미서 보다가) 두 분은… 이제 사귀시는 건가요?
선우	(머쓱) 어… 그렇게 됐다.
강산	대~박! 언제부터요?
행자	어머 어머~!! 너무 잘 됐다~!
선우	감사합니다. 하하… (민망)
예준	(표정 어두운) …근데… 진배 할아버지는요…?
미서	아… 건강이 좀 안 좋아지셔서 이제…
진배(OFF)	(O.L) 도착~!!

일동, 놀라 보면! 문을 열고 들어온 진배. (팔 깁스, 복대 찬 채)
모두 진배의 모습에 놀라고… 달려가 진배를 반기는 예준.

예준	할아버지~!! (이리저리 보며) 많이 아프신 거예요?
진배	아 엠 오케이. …보고 싶었다… 예준아!

진배, 예준을 꼭 안아 준다. 예준, 잠시 후 포옹을 떼고는.

예준	이제 진짜 다 모였으니까 일단 뉴스부터 틀어 볼까요?

강산이 얼른 티비를 틀면, 긴급 속보가 나오고 있다.

<속보. 北, 괌 해상으로 탄도미사일 발사>

앵커(E)   긴급 속보입니다. 북한이 오늘 오전 11시경 탄도미사일 1발을 괌 인근 해상으로 발사했습니다. 이에 미국은 중대한 도발이라며 북한에게 강력 대응하겠다는 뜻을 밝혔습니다. 이번 미사일 발사로 북·미 관계는 물론…

행자, 경제 뉴스 채널로 돌리자,

앵커(E)   코스피가 또다시 북한 리스크에 출렁이고 있습니다. 현재 코스피 지수는 전일 대비 4.5% 급락한 2599.7로 17개월 만에 2,600선이 무너졌습니다.

그때, '탁!' 리모컨으로 텔레비전을 꺼 버리는 선우.

선우   여러분, 이제 우리는 흔들리지 않습니다.
일동   …
선우   혹시 이 말 기억나시나요? 위기는 바로…
일동   (비장하게 동시에) 기회다…!
선우   (끄덕이며 씨익 웃는) 또 한 번의 기회가 찾아온 것 같네요.

선우 먼저 '척!' 손을 내밀면, 모두 가운데로 손을 모은다. 비장한 멤버들의 얼굴.

일동	투신자판! 성투! 성투!!!! (손을 위로 올리는)
미서NA	하지만 사태는 예상보다 심각하게 흘러갔다.

뉴스 화면 오버랩된다. "北, 괌 미사일 발사로 전 세계 증시 휘청"
바쁘고 심각한 표정의 뉴욕 증권 거래소 자료 화면,
계속해서 하락하는 코스피 지수를 보여 주는 증권 거래소 내 입체 전광판 자료 화면 위로,

앵커(E)	북한의 괌 미사일 발사로 인해, 코스피가 2,300선 초반까지 밀렸습니다. / 아시아 증시가 연일 폭락하고 있습니다 / 외국인과 기관 모두 매도 우위로 돌아서며 개인의 패닉셀이 이어지고 있습니다.

코스피 지수 그래프가 올랐다 내렸다를 반복하다, 우하향하며
점점 내려가 2000 언저리까지 하락한다. 그러다 마치 임종할
때 심박동처럼 '삐이-' 소리 나며.
지수 그래프가 쭉 일자로 흘러가며 페이드아웃.

미서NA	그 후로 우리는 어떻게 됐냐고?

26. 제주도 게스트 하우스 마당 / 저녁

페이드인. 타닥타닥 불티가 날리고 있는 모닥불.
땔감을 뒤적이며 불을 피우고 있는 강산, 얼굴에는 검댕이 묻어

있다. 장발에 보헤미안 룩 옷을 입고 손끝 없는 군밤 장수 장갑 때문에 어쩐지 더 거지 같아 보이는 강산.

자막	7년 뒤…

강산	(불 쬐는) 하아… 춥다… (손에 입김 부는)

타들어 가는 모닥불을 멍하니 바라보는 강산.

미서NA	이 거지는 아니, 강산 씨는 다시 자유로운 영혼의 베짱이가 되었다.

그때, 실내에서 강산을 부르는 손님1.

손님1	사장님! 아직 멀었어요?
강산	네~ 다 됐습니다!

거지인 줄 알았는데 게스트 하우스 사장님이 된 강산.
'River Mountain Guest House JEJU' 감성 간판이 보인다.

미서NA	게스트 하우스 사장님이 되다니 강산 씨 답다.

CUT TO

12부	파도는 다시 온다

둥글게 앉아 아이엠그라운드 하고 있는 강산과 손님 셋. (원샷에 주식 투자 현황 CG)

강산	아이엠그라운드 지금부터 시작! (탁탁 박수) 삼전 넷!
손님1	(박수 치며) 삼전 삼전 삼전 삼전 (탁탁 박수) SG화학 넷!
강산	(박자 놓치고 버벅 거리는) SG화학 SG화학 SG…
손님2	사장님 걸렸다! 박자 틀렸어!

손님들에게 인디안밥 당하는 강산. '아악!' 여전히 엄살이 심하다.

| 미서NA | 하나 달라진 게 있다면, 제법 개미 같은 베짱이라는 거? |

그때, 울리는 강산의 전화, 웃고 떠들다 발신인을 보고 급 표정이 진지해지는 강산.

27. 해외 리조트 수영장 / 낮

건강한 몸매의 외국인들로 북적이는 리조트의 수영장이다.
그 가운데… 수영복에 가운을 걸친 행자가 선 베드에 누워서 여유로운 한때를 보내고 있다.
옆에 놓인 칵테일과 하몽 안주. 하몽 한 점을 포크로 먹는 행자.
(원샷에 주식 투자 현황 CG)

| 미서NA | 행자 이모는 족발에서 벗어나 이젠 이베리코 하몽을 즐기고 있다. |

어디론가 전화를 거는 행자, 전화를 받는 사람은 바로 강산이다.

강산(F)   (전화 받고) 베로…니카?
행자   (미소) 어~ 산? 잘 지냈어?

리조트의 행자와 게스트 하우스의 강산, 이분할로 보이는.

강산   잘 지냈죠. 베로니카는요?
행자   응, 나도 잘 지내지. 나 지금 스페인이야. 아, 저번에 들어간 로블
          로블 설마 벌써 판 건 아니지? 걱정돼서 전화했어.
강산   아, 안 그래도 많이 떨어져서 팔까 했는데…
행자   으음~ 메타버스는 길게 봐야 돼. 일단 홀딩하는 게 좋을 것 같
          은데?
강산   …베로니카는 역시 일희일비하지 않네요… 여전히 멋져요.
행자   (미소) 피터 린치가 그랬어. 주식 투자도 남녀 간의 사랑과 마찬
          가지라고… 처음부터 현명하게 선택했다면… 헤어질 이유가 없
          다고.
강산   (아련해지는) …그렇죠.
행자   (아련) …또 연락하자. 산.

전화 끊은 행자, 쓸쓸한 미소를 지으며 칵테일을 마신다.

미서NA   강산 씨와 행자 이모는 백일간의 만남 끝에 헤어졌다. 하지만 인
          생사 새옹지마라고 했던가? 지금 행자 이모의 남친은.

행자 남친(OFF) Veronica!!

행자에게 다가와 이마에 '쪽!' 뽀뽀하는 근육질의 외국인 남친.
(30대 초반)

행자 남친 Mi senhorita! (미 세뇨리따) (자막: 나의 아가씨!)

"허니~" 그 어느 때보다 찐으로 행복해 보이는 행자.

미서NA 까를로스다. 행자 이모는 까를로스에게 단단히 미쳐 있다.

\#. SG화학 본사 외경 / 낮

28. 주주 총회장 / 낮

이미 시작된 엄숙한 분위기의 주총장.
IR직원들, 주총 참석자들을 예의주시하고 있다.

IR담당 팀장님, 이번 주총은 어째 조용한데요? 아, 인왕산 산신령님은…?
IR팀장 그분… 작년에 돌아가셨어…
IR담당 아…! (급 숙연해지는)

그때, 누군가 쩌렁쩌렁하게 외친다.

진배(OFF)	의장!!!!!

놀라 쳐다보면! 선글라스 끼고 자줏빛 개량 한복 위에 터프가이 가죽 잠바를 입은 진배다.

(원샷에 주식 투자 현황 CG)

IR담당	(놀라) 저…저분은…!!
IR팀장	(끄덕) 요즘 가장 핫한 2세대 주총꾼…
진배	(선글라스 벗으며) 별빛마을 최민수, 주주 김진배올시다! (씨익 웃는)

진배 "주가가 떨어지면 배당을 늘리던가! 자사주를 매입하고 소 각하던가! 이렇게 손 놓고 있으면 됩니까? 주주가 우스워요? 우 습냐구요!!" 일장연설 하는 위로 미서 NA.

미서NA	주식 시장에는 은퇴도, 뒷방늙은이도 없다는 것을 몸소 보여 주 고 계신 진배 아저씨, 오늘도 소액 주주의 권리를 위해 전쟁 중 이다.

CUT TO

선글라스 낀 채, 본사에서 저벅저벅 나오는 진배, 한 손에는 햄 세트가 들려 있다.

미서NA	물론 전리품을 챙기는 것도 잊지 않는다.

12부	파도는 다시 온다

세워 둔 할리에 터프하게 올라타는 진배.

헬멧을 쓰고… '부당부당~' 굉음을 내며 떠난다.

29. 외국 대학교 강의실 + 옥탑방 (교차) / 낮

MIT 공대생이 된 예준, MIT 로고 후드를 입고 있다. (18살, 조기 입학한 설정)

큰 칠판 앞에 놓인 사다리에 올라가 영화 '히든피겨스'처럼 복잡한 우주 궤도를 계산하고 있는데… 핸드폰이 울린다. 미간을 찌푸리며 핸드폰 보는데… 순간 밝아지는 표정.

진배의 영상 통화다. 웃으며 얼른 받는 예준, 사다리를 내려온다. (원샷에 주식 투자 현황 CG)

진배	예준아~
예준	할아버지~
미서NA	가장 일찍 투자를 시작한 예준이는 복리의 마법으로 경제적 자유를 얻었다.
진배	바쁜데 할아버지가 방해한 거 아니지?
예준	아니에요~! 안 그래도 할아버지 보고 싶었는데.
진배	그래? (웃는) 공부는 어떠냐? 고등학생 나이에 대학 공부하려니까 힘들지?
예준	Not at all~ (칠판 보여 주며) 지금 화성 탐사선 궤도 계산하고 있었는데 엄청 재밌어요!
진배	이야~ 멋지다! 할아버지는~ (햄 세트 보여 준다)

예준	오~ 주총 다녀오셨어요?
진배	응. 오늘도 주주로서 권리를 행사했지. 근데 예준이 덕분에 진짜 화성 가겠는데? 할아버지 젤 먼저 보내 주는 거지?
예준	그럼요. 지금 전 지구에서 화성까지 가는 전이 궤도 중에 가장 효율성 있는 방법을 계산하고 있었어요.
진배	오…
예준	(갑자기 시무룩) 근데 할아버지… 문제가 하나 생겼어요.
진배	왜?! 뭐가 문젠데?
예준	사랑으로 가는 궤도는 계산이 안 돼요… 하…
진배	아이고, 예준이 걸프렌드 생겼니?
예준	헤일리라고… 아직 걸프렌드는 아니고 저 혼자 좋아해요. 근데 헤일리는 럭비부 주장 저스틴을 좋아하는 거 같아요…

껄껄 웃는 진배 "우리 예준이 다 컸구나~ 돈 워리. 에브리띵 윌 비 파인!" 그 위로.

미서NA	그리고 우리는, 예준이 덕에 진짜 화성을 갈지도 모르겠다.

#. CJ ENM 본사 전경 / 낮

30. 예능 녹화장 / 낮

　　　　예능 프로그램 <복세편살> 녹화 중인 장소. 촬영 스텝들로 가득

하고.

긴장한 얼굴로 방송에 임하는 게스트 선우. MC, 선우를 소개
한다.

MC   (대본 읽는) 주린이들의 아버지! 개미들의 허준! 손 한번 못 써 보
고 퍼렇게 녹아 버린 주식 계좌, 병명을 몰라 인버스에, 물타기
에, 안 써 본 약이 없는 노답 주린이들을 명의 허준처럼 치료해
주신다는 최선우 씨 나오셨습 니다!

선우   안녕하세요. 개미투자자문사 대표 최선우라고 합니다.

MC   (농담) 회사 이름이 약~간 사기 느낌도 나고… 어떻게 보면 그냥
흔한 투자 자문사 같은데… 뭐 남들과 다른 게 있나요?

선우   음… 저희는 소액 투자자를 위한 투자 자문사라는 점이 좀 다른
거 같아요.

MC   아~ 근데 말만 소액이고 막상 갔는데 빠꾸 당하는 거 아니에요?
솔직히 한 얼마 정도 투자금이 있어야 가능한가요?

선우   음… 십만 원도 가능합니다.

MC   (놀라) 십만 원이요? 그럼 만 원은요?

선우   (살짝 당황) 아…

MC   아~ 오케이! 만 원은 좀 힘들다. (큐카드 보며) 근데 아내 분 덕분에
이 일을 하게 되셨다고요?

선우   네. 옛날에 와이프가 좀… 야수의 심장을 갖고 있었거든요. 그땐
주식에 주자도 모르면서 정말 위험하게 투자했어요. 옆에서 보
고 있으면 심장이 떨려서… 안 되겠다 싶어서…

MC   혹시 그게 막 너무 좋아서 심장이 떨린 건 아닐까요?

선우	(웃는) 그것도 맞아요.
MC	어우~ 사랑꾼이시다… (큐카드 보며) 또 요새는 투자 소외 계층을 직접 찾아다니면서 주식에 대한 교육도 해 주신다고요?
선우	아… 네. 금융 문맹은 이제 없어야 된다고 생각해서요.
MC	와… 진짜 주식계의 슈바이처네요!
선우	(민망함에 웃는) 하하… 아닙니다.
MC	주식에 진심인 자답게, 결혼 프로포즈도 아주 특별했다면서요?
선우	(웃는) 네…

31. 여의도 사무실 / 밤 - 과거

창밖으로 여의도가 보이는 작은 사무실. 사무용 가구가 다 준비되어 있다.

미서가 뒤에서 선우의 눈을 가린 채로 들어온다.

선우	아직이야? 뭔데~
미서	(눈 가린 손을 떼고) 짠!!

선우, 눈을 뜨고 보면… 사무실이다. 어리둥절한…

선우	여긴…
미서	우리 사무실!
선우	우리…?
미서	웅. 앞으로 잘 부탁해. (책상 위 명패 건네며) 대표님.

12부   파도는 다시 온다

명패에는 '개미투자자문 대표 최선우'라고 써 있다.

선우　　　(명함 보며) 개미투자자문?

미서　　　응. 나 같은 노답 주린이에게 도움을 주는 회사야. 그리고 우리
　　　　　회사엔 자기 같은 유능한 주식 천재가 필요해. 주식 멘토로서.

선우　　　(놀란) …지금 나, 스카우트하는 거야?

미서　　　응. 알아보니까 금융 자격증이 필요하다네? 공부해서 자격증 딸
　　　　　때까진 내가 바지 CEO할 테니까 최 대표가 그동안 실무를 맡
　　　　　아 줘.

선우, 얼떨떨하지만 기쁘다.

미서　　　자기 인생 1막은 살~짝 횡보했지만 인생 2막은 떡상할 거야. 나
　　　　　랑 함께니까! (미소 짓는)

선우　　　(뭉클하다) 미서야…

미서　　　아, 아까 뭐 할 말 있다며, 뭔데?

선우　　　아…

선우, '큼…' 목소리를 가다듬고 진지한 눈빛으로 말한다.

선우　　　나 최선우는… 비가 오나 눈이 오나… 상승장이나 하락장이
　　　　　나… 한결같이 유미서만 바라보며… 검은 머리 파뿌리 될 때까
　　　　　지 유미서에게 장기 투자하는 사람이 되겠습니다.

미서　　　!!!!

선우, 반지 상자 여는 것처럼 Z플립 핸드폰을 열고 미서에게 MTS를 보여 주는.
MTS에는 1000달러가 넘는 '티파니왕(Tiffany Wang)' 주식이 1주 있다.

선우	이 주식 양도할게. 결혼반지라고 생각해 줘.
미서	(흔들리는 눈빛) 아하하… 반지 회사 주식이네…

프로포즈에 반지 회사 주식이라니… 미서, 어쩐지 서운한 마음인데.

선우	(피식 웃는) 장난이야~ 진짜는 여기.

이번엔 진짜 반지 상자를 여는 선우.
큰 다이아 반지를 꺼내 천천히 미서의 손가락에 끼워 주는 선우.

선우	…미서야 사랑해. 나랑 결혼해 줘.
미서	(감격해서 울컥) 응!! 내 워렌 버핏!!!

미서, 선우를 와락 안는다.
행복한 표정으로 잠시 서로를 꼭 안아 주는 두 사람.

선우	근데… 워렌 버핏 아흔한 살 할아버진데…
미서	그래? 그럼 내 피터 린치! (볼 뽀뽀 쪽 하는)

12부   파도는 다시 온다

선우	피터 린치는 일흔여덟…
미서	그럼 내 손정의!
선우	손정의는 예순넷…
미서	아, 그만~

꽁냥꽁냥 행복한 말싸움하는 두 사람의 모습 위로.

선우NA	상장 폐지될 뻔했던 나란 종목에게 과감히 투자해 준 미서 씨.

<시간 경과> 7년 뒤 같은 사무실

선우, 자리에 앉아 턱 괴고 옅은 미소 띤 채 미서를 바라보고 있다.
미서, 선우의 책상에 걸터앉아 핸드폰으로 방송을 보고 있다. (원 샷에 주식 투자 현황 CG)

선우NA	나는 미서 씨 덕분에 턴어라운드 할 수 있었다.
미서	(선우 슬쩍 보며) 워렌 버핏씨! 무슨 생각을 그렇게 해~?
선우	(웃는) 아냐~ 아무것도.
미서	(시계 보고 핸드폰 끄며) 9시 다 됐다.
선우	자! 그럼 오늘도 시작해 볼까요?
미서	그럴까요?! (일어서는)

CUT TO 상담실

초보 투자자와 마주 앉아 있는 미서.

미서, 카메라 보면서 독백처럼 말한다.

미서 투자가 처음이시라구요? 투자금은 50만 원? 충분하죠. 투자는 뭐 인플레이션을 헷지하기 위해 해야 한다~ 어렵게 말들은 많이 하지만 뭐 결국 돈 벌려고 하는 거죠. 그럼 누가 돈을 벌까요?

미서의 말에 아련하게 오버랩되는 주린이 스터디의 지난날들.

3부. 제프 베이조스 사진을 보며 부자 관상 발표하는 진배 (기업가)

5부. 일론 머스크 트윗 보며 직독직해 하는 선우, 쌍욕 하는 미서 (기업가)

7부. 기차에서 주총 참석장 보여 주는 선우 (소유권)

7부. 주주 총회에서 멋지게 발표하는 행자 (소유권)

6부. 선우의 20억 보고 놀라는 강산 (이익을 향유)

미서(E) 자본주의 사회에서 큰돈을 버는 건 다 기업가예요. 제프 베이조스, 일론 머스크, 빌 게이츠 등등. 기업을 만들고 경영을 잘하면 아주 큰 부자가 되죠. 근데 둘 다 되게 어려워요. 그러면 이대로 돈 벌기를 포기해야 되냐? 아니죠! 피터 린치가 말했죠. '잊기 쉽지만 주식은 복권이 아니라 회사의 일부에 대한 소유권이다.'라고. 적은 돈으로 내 맘에 드는 미래가 밝은 회사의 주식을 사면 돼요. 그러면 나는 그 기업의 이익을 같이 향유할 수 있죠.

3부. 옥탑방에서 서울의 야경을 내려다보는 멤버들 (넓은 시각)

12부   파도는 다시 온다

8부. 불광천 징검다리를 깡충깡충 뛰어가는 강산 (행복감)

8부. 돈 날리며 "내가 여의도의 울프야!" 포효하는 선우 (행복감)

1부. 한강에서 담배 피는 미서 (내리막)

미서(E)   또 주식 공부를 하면, 세상을 보는 넓은 시각을 얻을 수 있죠. 도파민, 세로토닌이 주는 행복감은 덤입니다. 뭐 주기적으로 씨게 얻어 맞을 때도 있지만, 인생이 원래 그런 거 아니겠어요? 오르막이 있으면 내리막이 있죠. 자만할 때 시장 앞에서 겸손해지라는 교훈입니다.

9부. 지킬 앤 하이드 열창하는 진배 (희노애락)

9부. 인버스 타는 행자, 진배 (욕망)

10부. 템플스테이 임종 체험에서 관 뚜껑 스스로 닫는 행자 (해탈)

7부. 의기소침한 예준에게 "할아버지는 예준이 편이야!" 파이팅 해 주는 진배 (믿음)

10부. 템플스테이에서 유성 보고 기도하는 미서 (소망)

11부. 딸기 하우스에서 서로를 껴안는 미서와 선우 (사랑)

8부. 신사임당, 세종 대왕, 학과 까만 우주를 떠다니는 강산 (우주의 삼라만상)

7부. 우주 전시장에서 행성을 보며 해맑게 웃는 예준 (우주의 삼라만상)

미서(E)   주식은 우리네 인생과 닮아 있죠. 희노애락, 욕망과 해탈. 믿음, 소망, 그리고 사랑. 우주의 삼라만상이 들어 있습니다.

다시 카메라 보고 얘기를 이어 나가는 미서.

미서   이렇게 말하니 좀 약장수 같은데, 사실 사람은 딱 두 가지거든
       요. 주식하는 사람과 곧 주식 할 사람. 무엇보다 주식은… (뜸 들
       이다) 진짜 재밌어요! (눈빛 이글) 어떻게, 한번… 해 보시겠어요?

끄덕끄덕 아래위로 세차게 움직이는 화면.

미서   좋아요. 그럼, 주식, 시작해 봅시다!

미서, '씨익' 웃는 데서…

<개미가 타고 있어요 끝>

주식 성공투자의 지름길
상한가로 숭자

EPILOGUE

12

일찍 투자하는 새가
많이 먹는다

#투자, 지금 해도 늦지 않다

** 7년 후 상황 이어 갑니다 **

#1. 선우 미서, 사무실, 책상 위 / 밤

사무실 책상에 앉아 모니터 화면을 보고 있는 선우.

선우   이제 시작한다~

미서, 간단히 먹을 과일 챙겨서 들어오며 선우 옆에 앉는다.

미서   나 혼자 봐도 된다니까~

#2. 숙가 유튜브 전용방 & 선우와 미서, 사무실, 책상 위 / 밤 (교차 편집, 화면 분할)

구독자 10만의 유튜버가 된 숙가.
이전보다 부티 나게 세팅된 방송 장비들.

숙가   요즘은 100세 시대라고 합니다. 노후 준비는 선택이 아닌 필수인
           시대가 됐는데요. 여러분들 모두 은퇴 후를 생각하며 노후 준비…
           잘 하고 계시나요?

           (CG) 'OECD 국가 노인빈곤율 (별첨1) 발생

숙가   우리나라는 66세 이상 노인분들의 상대적 빈곤 위험도가 경제
           협력개발기구 OECD에서 가장 높은 나라로 유명합니다. 2011

년부터 2019년까지 꾸준히 노인 빈곤율이 낮아지곤 있지만 여전히 40%대를 기록하면서 OECD 평균의 3배를 넘는 압도적인 1위를 유지하고 있습니다. 정말 가슴이 아픈 현실이 아닐까 생각합니다. 이런 현실을 보면 우리의 노후 준비에 그동안 소홀했던 것이 아닌가 반성해 봅니다.

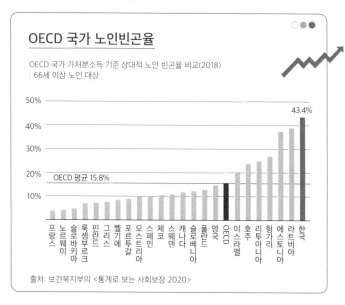

OECD 국가 노인빈곤율

OECD 국가 가처분소득 기준 상대적 노인 빈곤율 비교(2018)
: 66세 이상 노인 대상

43.4%

OECD 평균 15.8%

프랑스 노르웨이 슬로바키아 룩셈부르크 핀란드 그리스 벨기에 포르투갈 오스트리아 스페인 체코 스웨덴 캐나다 슬로베니아 폴란드 영국 OECD 이스라엘 호주 리투아니아 헝가리 에스토니아 라트비아 한국

출처: 보건복지부의 <통계로 보는 사회보장 2020>

제가 여러 사람을 만나면서 '여러분들 투자를 왜 하십니까?', '투자의 목적이 뭐예요?'라고 여쭤보면 대부분 노후 대비라고 이야기를 많이 합니다. 그만큼 우리가 나이 들어서 수입이 적어지거나 아니면 일을 할 수 없게 됐을 때 노후 걱정이 된다는 뜻이겠죠.

선우, 미서에게 간식 먹여 주며.

선우	뭐 우리 와이프는 걱정 없지~
슉가	우리의 투자 목적은 굉장히 긴 20년, 30년 뒤의 노후인데 당장 내 앞에 있는 투자는 1년? 아니면 6개월? 2년 넘어가면 장기 투자라고 얘기합니다. 상대적으로 굉장히 짧은 전문 용어로 미스매칭이 발생하게 되죠. 그러면 내 노후를 위해 투자한다고 생각하고, 투자 호흡을 길게 20년, 30년 뒤라고 생각하고 방법을 그려 보도록 하겠습니다.

(CG) 슬로프에서 눈 굴리는 슉가 발생

슉가	투자는 일종의 스키라고 볼 수 있습니다. 마치 눈덩이를 스키장에서 크게 굴리는 것과 똑같습니다. 여러분이 투자 기간을 짧게 잡으면 슬로프의 각도는 굉장히 가팔라야 합니다. 눈덩이 굴리다가 떨어질 수도 있겠죠? 근데 만약에 투자할 시간이 길어지면 슬로프가 굉장히 완만해도 큰 눈덩이를 만들 수 있는 걸 알 수 있습니다. 그렇기 때문에 우리가 더 큰 눈덩이를 만들려면 어떻게 해야 할까요? 결론적으로 둘 중의 하나입니다. 슬로프의 각도를 높이든지, 투자 기간을 길게 만들든지! 여러분들이 많이 물어보세요. '주식 투자 아니면 다른 투자, 언제부터 해야 해요?' 언제부터겠습니까? 기간을 가장 길게 만들 수 있는 것, '내가 가장 젊을 때'는 바로 오늘입니다. 투자는 가장 젊을수록 어릴수록 빨리 시작해야 더 안전하게 투자하면서도 더 큰 자산을 만들 수 있게 되는 겁니다.
선우	그래 자기야, 어 예준이 봐. 어릴 때 시작했잖아. 우리 베이비도

예준이처럼 키워야 해.

미서   네네~ 어련하시겠어요~ 아빠가 개미투자자문 대표님인데요~

슉가   그런데 우리나라에서는 수능을 잘 보기 위한 국·영·수 위주의 교과목 중심 조기 교육에 관심이 굉장히 높습니다. 과거에는 우리가 국·영·수 잘하고 논술 잘해서 대학에 잘 들어가고 좋은 직장 들어가면 내 경제적인 어려움을 모두 다 해결해 주는 사회가 됐는데 지금은 그렇지 않은 사회가 됐습니다.

그럼에도 불구하고 많은 청소년들이 국·영·수와 수능 시험에 여전히 올인을 하고 있죠. 국·영·수 잘해서 좋은 대학 가서 부자가 될 수 있는 상황이 됐냐, 내 노후를 대비할 수 있는 상황이 됐냐… 과거와는 상황이 많이 달라졌다는 걸 알 수 있습니다.

물론 공부를 열심히 해서, 공부를 잘해서 나쁠 건 없습니다. 하지만 그것보다 더 중요한 건 우리가 결국엔 자본주의 사회에서 60년, 70년, 80년을 살아가는 데 얼마나 긴 슬로프에서 내가 얼마나 금융에 친숙하고 얼마나 많은 관심을 가졌느냐가 노후의 빈곤함에서 거둬 주는 길이 아닐까 생각합니다.

미서, 영상 시청하다가 채팅 창에 질문을 적는다.

미서   ⓔ 어린이 경제, 금융 교육, 어디서 어떤 식으로 시작해야 할까요?

슉가   어린이 경제 금융 교육에 대한 질문을 해 주셨는데요. 마치 바다에 들어가기 전에 우리가 생존 수영을 배우듯이 금융 공부, 돈 공부, 아니면 경제 공부도 자본주의에서 살 때는 어쩔 수 없이 어렸을 때부터 조금씩 해 줘야 합니다. 워렌 버핏 할아버지의 아버님 되시는 분은 증권 세일즈맨이었습니다. 집에 와서 아들하고 경제 신문을 읽거나 아들한테 약간의 자금을 주고 주식을 사게 하거나 아니면 채권을 보여 주면서 이런저런 숫자에 대한 이야기를 같이 나눴다고 합니다.

우리 자본주의 사회에서 살아가기 위해서는 노후 대비를 30대, 심지어 40대까지 늦추지 말고 빠르면 10대까지 앞당길 수 있는 교육과 방침이 좀 필요하지 않을까 생각합니다. 물론 개인마다 투자 성향이 다르고 우리 아이들마다 성향이 다릅니다. 공부를 더 좋아하는 아이들도 있고 돈 이야기나 창업 이야기를 더 좋아하는 아이들이 있습니다. 아이들의 성향에 따른 교육이 물론 가장 중요하겠죠.

오늘은 우리나라에서 가장 잘 이루어지진 않지만 가장 중요한 노후 대비와 왜 우리가 조금이라도 투자를 빨리 시작해야 하는지 이야기를 나눠 봤습니다. 아직 투자를 시작하지 않은 당신! 오늘이 가장 빠른 날, 가장 긴 슬로프를 가진 날이라고 생각하고 오늘 당장 시작해 보시면 어떨까요? 숙가는 여기까지였습니다. 저는 들어가 보겠습니다. 안녕~

선우, 미서 화면 보며 인사한다.
방송 종료되는 화면 효과.

<하권 끝>